le Médecin Malgré lui

Pièce de **Molière** Mise en scène **Virginie Cady**

Découpage **Laurent Percelay** Dessin **Kawaii Studio**

VENTS D'OUEST

37, rue Servan
38000 Grenoble
www.glenat.com

Dépôt légal : novembre 2009
ISBN : 978-2-7493-0372-7 / 006
Achevé d'imprimer en Italie en juillet 2021 par Grafica Veneta,
sur papier provenant de forêts gérées de manière durable.

les Personnages

SGANARELLE
Mari de Martine

MARTINE
Femme de Sganarelle

M. ROBERT
Voisin de Sganarelle

VALÈRE
Domestique de Géronte

LUCAS
Mari de Jacqueline

GÉRONTE
Père de Lucinde

JACQUELINE
Nourrice chez Géronte
et femme de Lucas

LUCINDE
Fille de Géronte

LÉANDRE
Amant de Lucinde

THIBAUT
Père de Perrin

PERRIN
Fils de Thibaut, paysan

ACTE I, SCÈNE PREMIÈRE. SGANARELLE, MARTINE.

ACTE I, SCÈNE PREMIÈRE.

C'est bien à toi, vraiment, à te plaindre de cette affaire : devrais-tu être un seul moment sans rendre grâces au Ciel de m'avoir pour ta femme...
... et méritais-tu d'épouser une personne comme moi?
Il est vrai que tu me fis trop d'honneur...
... et que j'eus lieu de me louer de la première nuit de nos noces.
Hé! Morbleu, ne me fais point parler là-dessus, je dirais de certaines choses...
Quoi? Que dirais-tu?

Baste, laissons là ce chapitre, il suffit que nous sachions ce que nous savons...
... et que tu fus bien heureuse de me trouver.
Qu'appelles-tu bien heureuse de te trouver ?
Un homme qui me réduit à l'hôpital ?
Un débauché, un traître qui me mange tout ce que j'ai ?
Tu as menti, j'en bois une partie.
Qui me vend, pièce à pièce, tout ce qui est dans le logis ?
C'est vivre de ménage...

Qui m'a ôté jusqu'au lit que j'avais ?
Tu t'en lèveras plus matin !
Enfin qui ne laisse aucun meuble dans toute la maison ?!
On en déménage plus aisément.
Et qui du matin jusqu'au soir, ne fait que jouer et que boire !
C'est pour ne me point ennuyer.

ACTE I, SCÈNE PREMIÈRE.

Et tu prétends, ivrogne, que les choses aillent toujours de même ?
Ma femme, allons tout doucement, s'il vous plaît.
Que j'endure éternellement tes insolences et tes débauches ?
Ne nous emportons point ma femme.
Et que je ne sache pas trouver le moyen de te ranger à ton devoir ?
Ma femme, vous savez que je n'ai pas l'âme endurante : et que j'ai le bras assez bon.

Je me moque de tes menaces.
Ma petite femme, ma mie, votre peau vous démange, à votre ordinaire.
Je te montrerai bien que je ne te crains nullement.
Ma chère moitié, vous avez envie de me dérober quelque chose.
Crois-tu que je m'épouvante de tes paroles ?
Doux objet de mes vœux, je vous frotterai les oreilles !

Ivrogne que tu es !
Je vous battrai.
Sac à vin.
Je vous rosserai.
Infâme.
Je vous étrillerai.

ACTE I, SCÈNE PREMIÈRE.

Ah!
Vous en voulez, donc.
Ah,
Ah,
Ah, ah...
Voilà le vrai moyen de vous apaiser.

ACTE I, SCÈNE II. MONSIEUR ROBERT, SGANARELLE, MARTINE.

Est-ce là votre affaire ?
Vous avez raison.
Voyez un peu cet impertinent, qui veut empêcher les maris de battre leurs femmes !
Je me rétracte.
Qu'avez-vous à voir là-dessus ?
Rien.
Est-ce à vous d'y mettre le nez ?
Non.

Mêlez-vous de vos affaires.
Je ne dis plus mot.
Il me plaît d'être battue.
D'accord.
Ce n'est pas à vos dépens.
Il est vrai.

Et vous êtes un sot, de venir vous fourrer où vous n'avez que faire !
Compère, je vous demande pardon de tout mon cœur.
faites...
... rossez, battez comme il faut votre femme...
... je vous aiderai si vous le voulez.

Il ne me plaît pas, moi.
Ah ! C'est une autre chose.
Je la veux battre, si je le veux...
... et ne la veux pas battre, si je ne le veux pas.
Fort bien.
C'est ma femme, et non pas la vôtre !

Sans doute.
Vous n'avez rien à me commander.
D'accord.
Je n'ai que faire de votre aide.
Très volontiers.

Acte I, scène II.

Je ne veux pas.
Eh!
Non.
Ma petite femme.
Point.
Allons, te dis-je.
Je n'en ferai rien.
Viens, viens, viens...
Non, je veux être en colère.

Fi, c'est une bagatelle, allons, allons.
Laisse-moi là.
Touche, te dis-je.
Tu m'as trop maltraitée.
Eh bien va, je te demande pardon, mets là, ta main.
Je te pardonne, mais tu le payeras.

Tu es une folle, de prendre garde à cela.
Ce sont petites choses qui sont, de temps en temps, nécessaires dans l'amitié...
... et cinq ou six coups de bâton, entre gens qui s'aiment, ne font que ragaillardir l'affection.

ACTE I, SCÈNE II.

Je sais bien qu'une femme a toujours dans les mains de quoi se venger d'un mari : mais c'est une punition trop délicate pour mon pendard.
Je veux une vengeance qui se fasse un peu mieux sentir : et ce n'est pas contentement, pour l'injure que j'ai reçue.

Acte I, scène IV. Valère, Lucas, Martine.

Que veux-tu, mon pauvre nourricier? il faut bien obéir à notre maître!
Et puis...
... nous avons intérêt, l'un et l'autre, à la santé de sa fille, notre maîtresse!
Et, sans doute, son mariage différé par sa maladie nous vaudrait quelque récompense.

Horace, qui est libéral, a bonne part aux prétentions qu'on peut avoir sur sa personne.
Et quoiqu'elle ait fait voir de l'amitié pour un certain Léandre, tu sais bien que son père n'a jamais voulu consentir à le recevoir pour son gendre.
Ne puis-je point trouver quelque invention pour me venger ?

Mais quelle fantaisie s'est-il boutée là dans la tête, puisque les médecins y avont tous perdu leur latin ?
On trouve quelquefois, à force de chercher, ce qu'on ne trouve pas d'abord : et souvent, en de simples lieux...
Oui, il faut que je m'en venge à quelque prix que ce soit.
Ces coups de bâton me reviennent au cœur, je ne les saurais digérer, et...

Ah ! Messieurs, je vous demande pardon, je ne vous voyais pas, et cherchais dans ma tête quelque chose qui m'embarrasse.
Chacun a ses soins dans le monde : et nous cherchons aussi ce que nous voudrions bien trouver.
Serait-ce quelque chose, où je vous puisse aider ?
Cela se pourrait faire, et nous tâchons de rencontrer quelque habile homme, quelque médecin particulier...
... qui pût donner quelque soulagement à la fille de notre maître, attaquée d'une maladie qui lui a ôté, tout d'un coup, l'usage de la langue.

Plusieurs médecins ont déjà épuisé toute leur science après elle...
Mais on trouve, parfois, des gens avec des secrets admirables, de certains remèdes particuliers...
... qui font le plus souvent ce que les autres n'ont su faire...
... et c'est là ce que nous cherchons !
Ah ! Que le Ciel m'inspire une admirable invention pour me venger de mon pendard.

Vous ne pouviez jamais vous mieux adresser pour rencontrer ce que vous cherchez !
Et nous avons ici un homme, le plus merveilleux homme du monde, pour les maladies désespérées.
Et de grâce, où pouvons-nous le rencontrer ?
Vous le trouverez maintenant vers ce petit lieu que voilà, qui s'amuse à couper du bois.
Un médecin qui coupe du bois !
Qui s'amuse à cueillir des simples, voulez-vous dire ?

Non, c'est un homme extraordinaire, qui se plaît à cela...
... fantasque, bizarre, quinteux, et que vous ne prendriez jamais pour ce qu'il est.
Il va vêtu d'une façon extravagante...
... affecte quelquefois de paraître ignorant, tient sa science renfermée...
... et ne fuit rien tant tous les jours, que d'exercer les merveilleux talents qu'il a eus du Ciel pour la médecine.
C'est une chose admirable, que tous les grands hommes ont toujours du caprice, quelque petit grain de folie mêlé à leur science.

La folie de celui-ci est plus grande qu'on ne peut croire : car elle va parfois jusqu'à vouloir être battu, pour demeurer d'accord de sa capacité.
Et je vous donne avis que vous n'en viendrez pas à bout, qu'il n'avouera jamais qu'il est médecin, s'il se le met en fantaisie,
... que vous ne preniez chacun un bâton...
... et ne le réduisiez à force de coups à vous confesser à la fin ce qu'il vous cachera d'abord.
C'est ainsi que nous en usons, quand nous avons besoin de lui.
Voilà une étrange folie !

Il est vrai : mais après cela, vous verrez qu'il fait des merveilles !
Comment s'appelle-t-il ?
Il s'appelle Sganarelle : mais il est aisé à connaître.
C'est un homme qui a une large barbe noire, et qui porte une fraise, avec un habit jaune et vert.
Un habit jaune et vert ! C'est donc le médecin des paroquets ?
Mais est-il bien vrai qu'il soit si habile que vous le dites ?

Comment ? C'est un homme qui fait des miracles ! Il y a six mois qu'une femme fut abandonnée de tous les autres médecins...
On la tenait morte il y avait déjà six heures : et l'on se disposait à l'ensevelir, lorsqu'on y fit venir de force l'homme dont nous parlons.
Il lui mit, l'ayant vue, une petite goutte de je ne sais quoi dans la bouche...
... et dans le même instant, elle se leva de son lit...
... et se mit, aussitôt, à se promener dans sa chambre comme si de rien n'eût été.
Ah !

Il fallait que ce fût quelque goutte d'or potable !
Cela pourrait bien être.
Il n'y a pas trois semaines, encore...
... qu'un jeune enfant de douze ans tomba du haut du clocher en bas...

... et se brisa, sur le pavé, la tête, les bras et les jambes.
On n'y eut pas plus tôt amené notre homme...
... qu'il le frotta par tout le corps d'un certain onguent qu'il sait faire...
... et l'enfant aussitôt se leva sur ses pieds, et courut jouer à la fossette !
Ah !
Il faut que cet homme-là ait la médecine universelle !
Qui en doute ?

Testigué, velà justement l'homme qu'il nous faut: allons vite le charcher.
Nous vous remercions du plaisir que vous nous faites.
Mais souvenez-vous bien au moins, de l'avertissement que je vous ai donné.
Eh! Morguenne, laissez-nous faire, s'il ne tient qu'à battre, la vache est à nous.
Nous sommes bien heureux d'avoir fait cette rencontre : et j'en conçois, pour moi, la meilleure espérance du monde.

ACTE I, SCÈNE V. SGANARELLE, VALÈRE, LUCAS.

Ma foi, c'est assez travaillé pour boire un coup.
Prenons un peu d'haleine.
Voilà du bois qui est salé comme tous les diables !
Qu'ils sont doux, Bouteille jolie...
... Qu'ils sont doux, Vos petits glouglous !

Mais mon sort ferait bien des jaloux, Si vous étiez toujours remplie.
Ah ! Bouteille ma mie, Pourquoi vous videz-vous ?
Allons, morbleu, il ne faut point engendrer de mélancolie !
Le voilà lui-même.
Je pense que vous dites vrai : et que j'avons bouté le nez dessus.

Voyons de près.
Ah ! Ma petite friponne, que je t'aime, mon petit bouchon !
... Mon sort... ferait... bien des... jaloux,
CRAC
Si...
CRAC
CRAC
Que diable, à qui en veulent ces gens-là ?

C'est lui, assurément.
Le velà tout craché, comme on nous l'a défiguré.
Ils consultent en me regardant. Quel dessein auraient-ils ?
Monsieur, n'est-ce pas vous qui vous appelez Sganarelle ?
Eh quoi ?

Je vous demande si ce n'est pas vous qui se nomme Sganarelle.
Oui, et non, selon ce que vous lui voulez.
Nous ne voulons que lui faire toutes les civilités que nous pourrons.
En ce cas, c'est moi qui se nomme Sganarelle.
Monsieur, nous sommes ravis de vous voir. On nous a adressés à vous, pour ce que nous cherchons ;
et nous venons implorer votre aide, dont nous avons besoin.

Si c'est quelque chose, Messieurs, qui dépende de mon petit négoce, je suis tout prêt à vous rendre service.
Monsieur, c'est trop de grâce que vous nous faites...
... mais, Monsieur, couvrez-vous, s'il vous plaît, le soleil pourrait vous incommoder.
Monsieur, boutez dessus.
Voici des gens bien pleins de cérémonie...

Monsieur, il ne faut pas trouver étrange que nous venions à vous...
... les habiles gens sont toujours recherchés, et nous sommes instruits de votre capacité.
Il est vrai, Messieurs, que je suis le premier homme du monde pour faire des fagots.
Ah! Monsieur...
Je n'y épargne aucune chose, et les fais d'une façon qu'il n'y a rien à dire.
Monsieur, ce n'est pas cela dont il est question.

Mais aussi, je les vends cent dix sols le cent.
Ne parlons point de cela, s'il vous plaît.
Je vous promets que je ne saurais les donner à moins.
Monsieur, nous savons les choses.
Si vous savez les choses, vous savez que je les vends cela.

Monsieur, c'est se moquer que...
Je ne me moque point, je n'en puis rien rabattre.
Parlons d'autre façon, de grâce !
Vous en pourrez trouver autre part à moins : il y a fagots et fagots.
Mais pour ceux que je fais...
Eh ! Monsieur, laissons là ce discours.

Je vous jure que vous ne les auriez pas, s'il s'en fallait un double.
Eh fi.
Non, en conscience, vous en payerez cela.
Je vous parle sincèrement, et ne suis pas homme à surfaire.
Faut-il, Monsieur, qu'une personne comme vous s'amuse à ces grossières feintes ?...
... s'abaisse à parler de la sorte ?

Qu'un homme si savant, un fameux médecin comme vous êtes...
... veuille se déguiser aux yeux du monde...
... et tenir enterrés les beaux talents qu'il a ?
Il est fou.
De grâce, Monsieur, ne dissimulez point avec nous !
Comment ?

Tout ce tripotage ne sart de rian, je savons çen que je savons.
Quoi donc ? que me voulez-vous dire ?
Pour qui me prenez-vous ?
Pour ce que vous êtes, pour un grand médecin !
Médecin vous-même !
Je ne le suis point, et ne l'ai jamais été !

Voilà sa folie qui le tient.
Monsieur, ne veuillez point nier les choses davantage.
Et n'en venons point, s'il vous plaît, à de fâcheuses extrémités.
À quoi donc ?
À de certaines choses dont nous serions marris.
Parbleu, venez-en à tout ce qu'il vous plaira !
Je ne suis point médecin et ne sais ce que vous me voulez dire !

Je vois bien qu'il faut se servir du remède.
Monsieur, encore un coup, je vous prie d'avouer ce que vous êtes...
Et testigué, ne lantiponez point davantage, et confessez à la franquette que v's'êtes médecin.
J'enrage.
À quoi bon nier ce qu'on sait?
Pourquoi toutes ces fraimes-là? À quoi est-ce que ça vous sart?

Messieurs, en un mot, autant qu'en deux mille...
... je vous dis que je ne suis point médecin !
Vous n'êtes point médecin ?
Non.
V'n'êtes pas médecin ?
Non, vous dis-je.
Puisque vous le voulez, il faut s'y résoudre.

Ah!
Ah!
Ah!
Messieurs...
... je suis tout ce qu'il vous plaira!

Pourquoi, Monsieur, nous obligez-vous à cette violence ?
À quoi bon nous bailler la peine de vous battre ?
Je vous assure que j'en ai tous les regrets du monde !
Par ma figué, j'en sis fâché, franchement !
Que diable est ceci, Messieurs, de grâce, est-ce pour rire ?
Ou si tous deux vous extravaguez, de vouloir que je sois médecin ?

Quoi ? Vous ne vous rendez pas encore...
et vous vous défendez d'être médecin ?
Diable emporte, si je le suis.
Il n'est pas vrai qu'ous sayez médecin ?
Non, la peste m'étouffe !

Ah, ah.
Eh bien, Messieurs, oui...
... puisque vous le voulez, je suis médecin, je suis médecin...
... et apothicaire encore, si vous le trouvez bon.
J'aime mieux consentir à tout, que de me faire assommer.
Ah! Voilà qui va bien, Monsieur, je suis ravi de vous voir raisonnable.
Vous me boutez la joie au cœur, quand je vous vois parler comme ça.
Je vous demandons excuse, de la libarté que j'avons prise.

Ouais, serait-ce bien moi qui me tromperais...
... et serais-je devenu médecin sans m'en être aperçu ?
Monsieur, vous ne vous repentirez pas de nous montrer ce que vous êtes...
... et vous verrez, assurément, que vous en serez satisfait.
Mais, Messieurs, dites-moi, ne vous trompez-vous point vous-mêmes ?
Est-il bien assuré que je sois médecin ?

Oui, par ma figué.
Tout de bon ?
Sans doute !
Diable emporte, si je le savais !
Comment ? Vous êtes le plus habile médecin du monde !
Ah ! Ah !

Un médecin qui a gari je ne sais combien de maladies !
Tudieu !
Une femme était tenue pour morte il y avait six heures...
... elle était prête à ensevelir, lorsqu'avec une goutte de quelque chose...
... vous la fîtes revenir, et marcher d'abord par la chambre.
Peste !

Un petit enfant de douze ans se laissit choir du haut d'un clocher, de quoi il eut la tête, les jambes, et les bras cassés...
... et vous, avec je ne sai quel onguent, vous fîtes qu'aussitôt...
... il se relevit sur ses pieds, et s'en fut jouer à la fossette !
Diantre !
Enfin, Monsieur, vous aurez contentement avec nous...
... et vous gagnerez ce que vous voudrez, en vous laissant conduire où nous prétendons vous mener.

Je gagnerai ce que je voudrai ?
Oui.
Ah ! Je suis médecin, sans contredit : je l'avais oublié, mais je m'en ressouviens.
De quoi est-il question ? Où faut-il se transporter ?
Nous vous conduirons. Il est question d'aller voir une fille qui a perdu la parole.
Ma foi, je ne l'ai pas trouvée !
Il aime à rire...

Allons, Monsieur.
Sans une robe de médecin?
Nous en prendrons une.
Tenez cela, vous : voilà où je mets mes juleps.
Vous, marchez là-dessus, par ordonnance du médecin.
Palsanguenne, velà un médecin qui me plaît ; je pense qu'il réussira ; car il est bouffon.

ACTE II, SCÈNE PREMIÈRE. GÉRONTE, VALÈRE, LUCAS, JACQUELINE.

Oui, il aime à bouffonner, et l'an dirait par fois, ne v's en déplaise, qu'il a quelque petit coup de hache à la tête.
Mais dans le fond, il est toute science : et bien souvent il dit des choses tout à fait relevées.
Quand il s'y boute, il parle tout fin drait, comme s'il lisait dans un livre.
Sa réputation s'est déjà répandue ici : et tout le monde vient à lui.
Je meurs d'envie de le voir, faites-le-moi vite venir.
Je le vais quérir.

Par ma fi, Monsieu, ceti-ci fera justement ce qu'ant fait les autres. Je pense que ce sera queussi queumi...
et la meilleure médeçaine, que l'an pourrait bailler à votre fille, ce serait, selon moi, un biau et bon mari, pour qui elle eût de l'amiquié.
Ouais, nourrice, ma mie, vous vous mêlez de bien des choses.
Taisez-vous, notre ménagère Jaquelaine : ce n'est pas à vous à bouter là votre nez.
Je vous dis et vous douze, que tous ces médecins n'y feront rian que de l'iau claire...
... que votre fille a besoin d'autre chose que de ribarbe et de sené, et qu'un mari est un emplâtre qui garit tous les maux des filles.

Est-elle en état, maintenant qu'on s'en voulût charger, avec l'infirmité qu'elle a ?
Et lorsque j'ai été dans le dessein de la marier, ne s'est-elle pas opposée à mes volontés ?
Je le crois bian, vous li vouilliez bailler cun homme qu'alle n'aime point.
Que ne preniais-vous ce Monsieu Liandre, qui li touchait au cœur ?
Alle aurait été fort obéissante : et je m'en vas gager qu'il la prendrait, li, comme alle est, si vous la li vouillais donner.
Ce Léandre n'est pas ce qu'il lui faut : il n'a pas du bien comme l'autre.

Acte II, scène première.

Enfin, j'ai toujours ouï dire qu'en mariage, comme ailleurs, contentement passe richesse.
Les pères et les mères ant cette maudite couteume, de demander toujours...
"Qu'a-t-il ?" et : "Qu'a-t-elle ?"
Et le compère Biarre...
... a marié sa fille Simonette au gros Thomas, pour un quarquié de vaigne qu'il avait davantage que le jeune Robin...
... où alle avait bouté son amiquié et velà que la pauvre creiature en est devenue jaune comme un coing...
... et n'a point profité tout depuis ce temps-là.

ACTE II, SCÈNE PREMIÈRE.

Mêle-toi de donner à téter à ton enfant, sans tant faire la raisonneuse.
Monsieu est le père de sa fille; et il est bon et sage, pour voir ce qu'il faut.
Tout doux, oh, tout doux!
Monsieu, je veux un peu la mortifier...
... et li apprendre le respect qu'alle vous doit.
Oui, mais ces gestes ne sont pas nécessaires.

ACTE II, SCÈNE II. VALÈRE, SGANARELLE, GÉRONTE, LUCAS, JACQUELINE.

Hippocrate dit…
que nous nous couvrions
tous deux.
Hippocrate
dit cela ?
Oui.
Dans quel chapitre,
s'il vous plaît ?
Dans son chapitre
des chapeaux.
Puisque Hippocrate le dit,
il le faut faire.

Monsieur le médecin, ayant appris les merveilleuses choses...
À qui parlez-vous, de grâce ?
À vous.
Je ne suis pas médecin.
Vous n'êtes pas médecin ?
Non vraiment.

Tout de bon?
Tout de bon.
Ah!
Ah! Ah!
Vous êtes médecin, maintenant, je n'ai jamais eu d'autres licences.
Quel diable d'homme m'avez-vous là amené?

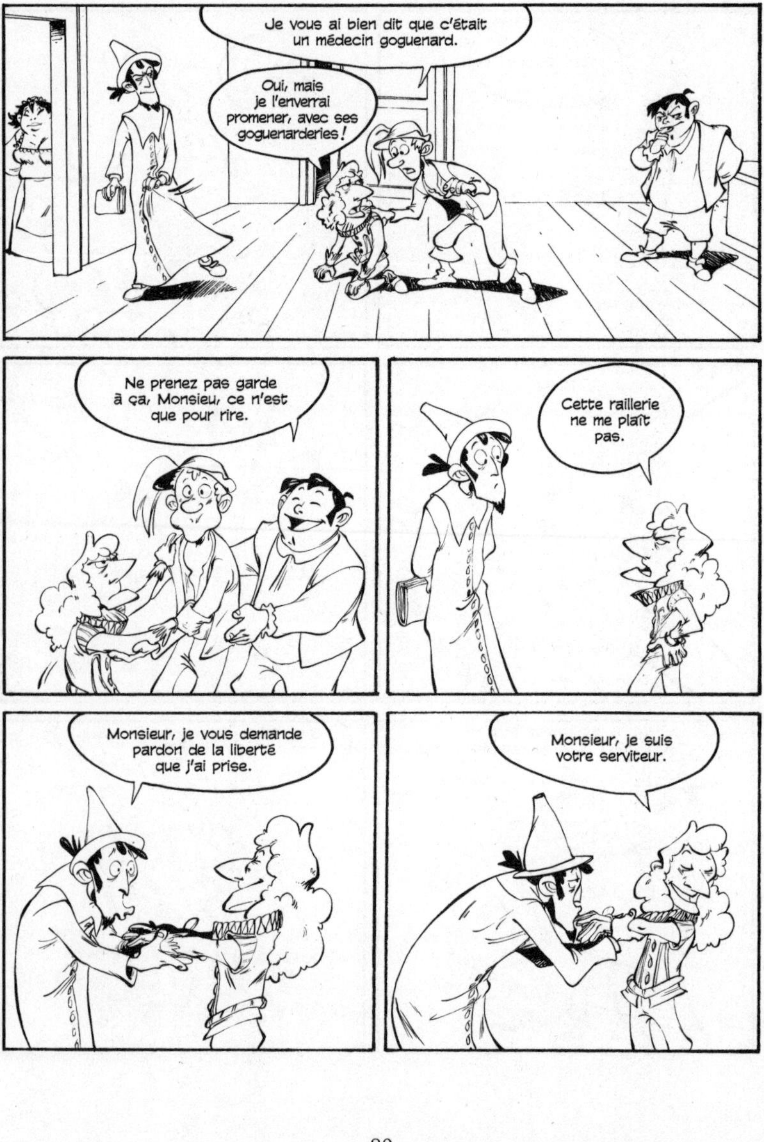
Je vous ai bien dit que c'était un médecin goguenard.
Oui, mais je l'enverrai promener, avec ses goguenarderies !
Ne prenez pas garde à ça, Monsieu, ce n'est que pour rire.
Cette raillerie ne me plaît pas.
Monsieur, je vous demande pardon de la liberté que j'ai prise.
Monsieur, je suis votre serviteur.

Je suis fâché...
Cela n'est rien.
Des coups de bâton...
Il n'y a pas de mal.
... que j'ai eu l'honneur de vous donner.
Ne parlons plus de cela.
Monsieur, j'ai une fille qui est tombée dans une étrange maladie.
Je suis ravi, Monsieur, que votre fille ait besoin de moi...

... et je souhaiterais de tout mon cœur que vous en eussiez besoin aussi, vous et toute votre famille...
... pour vous témoigner l'envie que j'ai de vous servir.
Je vous suis obligé de ces sentiments.
Je vous assure que c'est du meilleur de mon âme que je vous parle.
C'est trop d'honneur que vous me faites.
Comment s'appelle votre fille ?
Lucinde.

Lucinde !
Ah ! Beau nom à médicamenter ! Lucinde !
Je m'en vais voir un peu ce qu'elle fait.
Qui est cette grande femme-là ?
C'est la nourrice d'un petit enfant que j'ai.
Peste ! Le joli meuble que voilà !

Ah, nourrice, charmante nourrice! ma médecine est la très humble esclave de votre nourricerie...
... et je voudrais bien être le petit poupon fortuné...
... qui tétât le lait de vos bonnes grâces.
Tous mes remèdes, toute ma science...
toute ma capacité est à votre service, et...

Avec votte parmission, Monsieu le Médecin, laissez là ma femme, je vous prie.
Quoi, est-elle votre femme ?
Oui.
Ah vraiment, je ne savais pas cela...
... et je m'en réjouis pour l'amour de l'un et de l'autre.
Tout doucement, s'il vous plaît.

Je vous assure que je suis ravi que vous soyez unis ensemble .
Je la félicite d'avoir un mari comme vous...
... et je vous félicite, vous, d'avoir une femme si belle, si sage, et si bien faite...
... comme elle est.
Eh testigué, point tant de compliments, je vous supplie.
Ne voulez-vous pas que je me réjouisse avec vous d'un si bel assemblage ?

Avec moi, tant qu'il vous plaira : mais avec ma femme, trêve de sarimonie !
Je prends part également au bonheur de tous deux...
... et si je vous embrasse pour vous en témoigner ma joie...
... je l'embrasse de même pour lui en témoigner aussi.
Ah, vartigué, Monsieu le Médecin, que de lantiponages !

ACTE II, SCÈNE III. SGANARELLE, GÉRONTE, LUCAS, JACQUELINE.

Nanain, nanain...
... je n'avons que faire de ça!
C'est l'office du médecin de voir les tétons des nourrices.
Il gnia office qui quienne, je sis votte sarviteur.
As-tu bien la hardiesse de t'opposer au médecin? Hors de là.
Je me moque de ça.

Acte II, scène III.

ACTE II, SCÈNE IV. LUCINDE, GÉRONTE, SGANARELLE, VALÈRE, LUCAS, JACQUELINE.

Vous l'avez fait rire, Monsieur.
Tant mieux, lorsque le médecin fait rire le malade, c'est le meilleur signe du monde.
CLAC
Eh bien ! De quoi est-il question ? Qu'avez-vous ? Quel est le mal que vous sentez ?
Han, hi, hon, han.
Eh ! Que dites-vous ?
Han, hi, hon, han, han, hi, hon.
Quoi ?
Han, hi, hon.
Han, hi, hon, han, ha.

Je ne vous entends point : quel diable de langage est-ce là ?
Monsieur, c'est là sa maladie...
Elle est devenue muette, sans que jusques ici on en ait pu savoir la cause...
... et c'est un accident qui a fait reculer son mariage.
Et pourquoi ?
Celui qu'elle doit épouser veut attendre sa guérison pour conclure les choses.
Et qui est ce sot-là, qui ne veut pas que sa femme soit muette ?
Plût à Dieu que la mienne eût cette maladie, je me garderais bien de la vouloir guérir !

Enfin, Monsieur, nous vous prions d'employer tous vos soins pour la soulager de son mal.
Ah! Ne vous mettez pas en peine. Dites-moi un peu, ce mal l'oppresse-t-il beaucoup?
Oui, Monsieur.
Tant mieux. Sent-elle de grandes douleurs?
Fort grandes.
C'est fort bien fait. Va-t-elle où vous savez?
Oui.
Copieusement?
Je n'entends rien à cela.
La matière est-elle louable?
Je ne me connais pas à ces choses.

Donnez-moi votre bras.
Voilà un pouls qui marque que votre fille est muette.
Eh ! Oui, Monsieur, c'est là son mal : vous l'avez trouvé tout du premier coup !
Ah, ah.
Voyez comme il a deviné sa maladie.

Nous autres grands médecins, nous connaissons d'abord les choses.
Un ignorant aurait été embarrassé, et vous eût été dire: "C'est ceci, c'est cela"...
... mais moi, je touche au but du premier coup, et je vous apprends que votre fille est muette.
Oui, mais je voudrais bien que vous me pussiez dire d'où cela vient.
Il n'est rien de plus aisé. Cela vient de ce qu'elle a perdu la parole.
Fort bien : mais la cause, s'il vous plaît, qui fait qu'elle a perdu la parole?

Tous nos meilleurs auteurs vous diront que c'est l'empêchement de l'action de sa langue.
Mais encore, vos sentiments sur cet empêchement de l'action de sa langue?
Aristote là-dessus dit... de fort belles choses.
Je le crois.
Ah! C'était un grand homme!
Sans doute.

ACTE II, SCÈNE IV.

... venant...
... pour ainsi dire...
... à...
Entendez-vous
le latin ?
En aucune façon.
Vous n'entendez
point le latin !
Non.

Cabricias arci thuram, catalamus, singulariter, nominativo hæc Musa, "la Muse".
Bonus, bona, bonum, Deus sanctus, estne oratio latinas ?
Bonus, bona, bonum, Deus sanctus, estne oratio latinas ? Etiam, "oui", Quare, "pourquoi ?"
Quia substantivo et adjectivum concordat in generi, numerum, et casus.

Ah ! Que n'ai-je étudié !
L'habile homme que velà !
Oui, ça est si biau que je n'y entends goutte.
Or ces vapeurs, dont je vous parle...
... venant à passer du côté gauche, où est le foie, au côté droit, où est le cœur...
... il se trouve que le poumon que nous appelons en latin armyan...
... ayant communication avec le cerveau...

... que nous nommons en grec nasmus, par le moyen de la veine cave...
... que nous appelons en hébreu cubile, rencontre...
... en son chemin, lesdites vapeurs qui remplissent les ventricules de l'omoplate !
Et parce que lesdites vapeurs...
... comprenez bien ce raisonnement je vous prie...
... et parce que lesdites vapeurs ont une certaine malignité.

Écoutez bien ceci, je vous conjure.
Oui.
Ont une certaine malignité qui est causée....
Soyez attentif, s'il vous plaît.
Je le suis.
Qui est causée par l'âcreté des humeurs...
... engendrées dans la concavité du diaphragme, il arrive que ces vapeurs...

Ossabandus, nequeys, nequer, potarinum, quipsa milus.
Voilà justement ce qui fait que votre fille est muette.
Ah, que ça est bian dit, notte homme !
Que n'ai-je la langue aussi bian pendue !
On ne peut pas mieux raisonner, sans doute.
Il n'y a qu'une seule chose qui m'a choqué. C'est l'endroit du foie et du cœur.

Il me semble que vous les placez autrement qu'ils ne sont...
Que le cœur est du côté gauche, et le foie du côté droit.
Oui, cela était autrefois ainsi...
... mais nous avons changé tout cela...
... et nous faisons maintenant la médecine d'une méthode toute nouvelle.
C'est ce que je ne savais pas : et je vous demande pardon de mon ignorance.

ACTE II, SCÈNE IV.

Pourquoi cela, Monsieur ?
Parce qu'il y a dans le vin et le pain, mêlés ensemble...
... une vertu sympathique qui fait parler.
Ne voyez-vous pas bien qu'on ne donne autre chose aux perroquets...
... et qu'ils apprennent à parler en mangeant de cela ?
Cela est vrai ah ! Le grand homme ! Vite, quantité de pain et de vin.

Je reviendrai voir sur le soir en quel état elle sera.
Doucement, vous.
Monsieur, voilà une nourrice à laquelle il faut que je fasse quelques petits remèdes.
Qui, moi ? Je me porte le mieux du monde.
Tant pis, nourrice, tant pis.
Cette grande santé est à craindre...

... et il ne sera pas mauvais de vous faire quelque petite saignée amiable...
... de vous donner quelque petit clystère dulcifiant.
Mais, Monsieur, voilà une mode que je ne comprends point !
Pourquoi s'aller faire saigner, quand on n'a point de maladie ?
Il n'importe, la mode en est salutaire...
... et comme on boit pour la soif à venir, il faut se faire, aussi, saigner pour la maladie à venir.

ACTE II, SCÈNE IV.

Vous donner de l'argent, Monsieur.
Je n'en prendrai pas, Monsieur.
Monsieur...
Point du tout.
Un petit moment.
En aucune façon.
De grâce.

Vous vous moquez.
Voilà qui est fait.
Je n'en ferai rien.
Eh!
Ce n'est pas l'argent qui me fait agir.
Je le crois.

Cela est-il de poids ?
Oui, Monsieur.
Je ne suis pas un médecin mercenaire.
Je le sais bien.
L'intérêt ne me gouverne point.
Je n'ai pas cette pensée.

ACTE II, SCÈNE V. SGANARELLE, LÉANDRE.

Ma foi, cela ne va pas mal, et pourvu que...
Monsieur, il y a longtemps que je vous attends : et je viens implorer votre assistance.
Voilà un pouls qui est fort mauvais.
Je ne suis point malade...
... Monsieur, et ce n'est pas pour cela que je viens à vous.
Si vous n'êtes pas malade, que diable ne le dites-vous donc ?

ACTE II, SCÈNE V.

Pour qui me prenez-vous ?
Comment oser vous adresser à moi pour vous servir dans votre amour...
... et vouloir ravaler la dignité de médecin à des emplois de cette nature ?
Monsieur, ne faites point de bruit !
J'en veux faire, moi, vous êtes un impertinent.
Eh ! Monsieur, doucement.
Un malavisé.
De grâce.

Je vous apprendrai que je ne suis point homme à cela : et que c'est une insolence extrême...
Monsieur.
De vouloir m'employer... Je ne parle pas pour vous...

... car vous êtes honnête homme...
... et je serais ravi de vous rendre service.
Mais il y a de certains impertinents au monde qui viennent prendre les gens pour ce qu'ils ne sont pas...
... et je vous avoue que cela me met en colère.

ACTE II, SCÈNE V.

Mais, de crainte qu'on ne nous voie ensemble, retirons-nous d'ici...
... et je vous dirai en marchant ce que je souhaite de vous.
Allons, Monsieur, vous m'avez donné pour votre amour une tendresse qui n'est pas concevable...
... et j'y perdrai toute ma médecine : ou la malade crèvera, ou bien elle sera à vous.

ACTE III, SCÈNE PREMIÈRE. LÉANDRE, SGANARELLE.

Tout ce que je souhaiterais, serait de savoir cinq ou six grands mots de médecine...
... pour parer mon discours, et me donner l'air d'habile homme.
Allez, allez, tout cela n'est pas nécessaire. Il suffit de l'habit : et je n'en sais pas plus que vous.
Comment ?
Diable emporte si j'entends rien en médecine !
Vous êtes honnête homme : et je veux bien me confier à vous, comme vous vous confiez à moi.
Quoi, vous n'êtes pas effectivement...

Non, vous dis-je, ils m'ont fait médecin malgré mes dents.
Je ne m'étais jamais mêlé d'être si savant que cela : et toutes mes études n'ont été que jusqu'en sixième.
Je ne sais point sur quoi cette imagination leur est venue...
... mais quand j'ai vu qu'à toute force ils voulaient que je fusse médecin, je me suis résolu de l'être...
... aux dépens de qui il appartiendra.
Cependant vous ne sauriez croire comment l'erreur s'est répandue : et de quelle façon chacun est endiablé à me croire habile homme.

On me vient chercher de tous côtés...
... et si les choses vont toujours de même, je suis d'avis de m'en tenir, toute ma vie, à la médecine.
Je trouve que c'est le métier le meilleur de tous...
... car soit qu'on fasse bien, ou soit qu'on fasse mal, on est toujours payé de même sorte.
La méchante besogne ne retombe jamais sur notre dos...
... et nous taillons...

ACTE III, SCÈNE PREMIÈRE.

Enfin, le bon de cette profession est qu'il y a parmi les morts une honnêteté, une discrétion la plus grande du monde : jamais on n'en voit se plaindre du médecin qui l'a tué.
Il est vrai que les morts sont fort honnêtes gens, sur cette matière.
Voilà des gens qui ont la mine de me venir consulter.
Allez toujours m'attendre auprès du logis de votre maîtresse.

ACTE III, SCÈNE II. THIBAUT, PERRIN, SGANARELLE.

Alle est malade d'hypocrisie, Monsieu.
D'hypocrisie ?
Oui, c'est-à-dire qu'alle est enflée par tout, et l'an dit que c'est quantité de sériosités qu'alle a dans le corps...
... et que son foie, son ventre, ou sa rate, comme vous voudrais l'appeler, au glieu de faire du sang ne fait plus que de l'iau.
Alle a de deux jours l'un, la fièvre quotiguenne avec des lassitules et des douleurs dans les mufles des jambes.
On entend dans sa gorge des fleumes qui sont tout prêts à l'étouffer...
... parfois il lui prend des syncoles et des conversions que je crayons qu'alle est passée.

J'avons dans notte village un apothicaire...
... révérence parler...
... qui li a donné je ne sai combien d'histoires...
... et il m'en coûte plus d'eune douzaine de bons écus en lavements...
... ne v's en déplaise...
... en apostumes, qu'on li a fait prendre, en infections de jacinthe, et en portions cordales !

Mais tout ça, comme dit l'autre, n'a été que de l'onguent miton mitaine !
Il velait li bailler d'eune certaine drogue que l'on appelle du vin amétile...
... mais j'ai-s-eu peur, franchement, que ça l'envoyît à patres...
... et l'an dit que ces gros médecins tuont je ne sai combien de monde, avec cette invention-là.
Venons au fait, mon ami, venons au fait.
Le fait est, Monsieu, que je venons vous prier de nous dire ce qu'il faut que je fassions.

ACTE III, SCÈNE II.

Vous dites que votre mère est malade d'hydropisie, qu'elle est enflée par tout le corps...
... qu'elle a la fièvre, avec des douleurs dans les jambes...
... et qu'il lui prend, parfois, des syncopes, et des convulsions, c'est-à-dire des évanouissements ?
Eh oui, Monsieu, c'est justement ça.
J'ai compris d'abord vos paroles.
Vous avez un père qui ne sait ce qu'il dit.

ACTE III, SCÈNE II.

Oui, c'est un formage préparé...
... où il entre de l'or, du coral et des perles, et quantité d'autres choses précieuses.
Monsieu, je vous sommes bien obligés : et j'allons li faire prendre ça tout à l'heure.
Allez.
Si elle meurt, ne manquez pas de la faire enterrer du mieux que vous pourrez !

ACTE III, SCÈNE III. JACQUELINE, SGANARELLE, LUCAS.

Devenez malade, nourrice, je vous prie...
... devenez malade pour l'amour de moi.
J'aurai toutes les joies du monde de vous guérir !
Je sis votte sarvante...
J'aime bian mieux qu'an ne me guérisse pas.

ACTE III, SCÈNE III.

Comment, un rustre comme cela !
Un homme qui vous observe toujours, et ne veut pas que personne vous parle !
Hélas !
vous n'avez rien vu encore...
... et ce n'est qu'un petit échantillon...
... de sa mauvaise humeur.

ACTE III, SCÈNE III.

... soit tombée en de telles mains...
... et qu'un franc animal, un brutal, un stupide, un sot... ?
Pardonnez-moi, nourrice, si je parle ainsi de votre mari.
Eh, Monsieu, je sai bien qu'il mérite tous ces noms-là.
Oui, sans doute, nourrice, il les mérite...
... et il mériterait encore que vous lui missiez quelque chose sur la tête, pour le punir des soupçons qu'il a.

Il est bien vrai que si je n'avais devant les yeux que son intérêt...
... il pourrait m'obliger à queuque étrange chose.
Ma foi, vous ne feriez pas mal de vous venger de lui avec quelqu'un.

C'est un homme, je vous le dis, qui mérite bien cela : et si j'étais assez heureux, belle nourrice...
... pour être choisi pour...

ACTE III, SCÈNE IV. GÉRONTE, LUCAS.

ACTE III, SCÈNE V. SGANARELLE, LÉANDRE, GÉRONTE.

ACTE III, SCÈNE V.

Qui est cet homme-là, que vous amenez ?
C'est...
Quoi ?
Celui...

ACTE III, SCÈNE V.

Acte III, scène VI. Lucinde, Géronte, Léandre, Jacqueline, Sganarelle.

Monsieur, c'est une grande et subtile question entre les doctes, de savoir si les femmes sont plus faciles à guérir que les hommes.
Je vous prie d'écouter ceci, s'il vous plaît.
Les uns disent que non,
les autres disent que oui...
... et moi je dis que oui, et non.

D'autant que l'incongruité des humeurs opaques...
... qui se rencontrent au tempérament naturel des femmes...
... étant cause que la partie brutale veut toujours prendre empire sur la sensitive...
... on voit que l'inégalité de leurs opinions...
... dépend du mouvement oblique, du cercle de la lune...

Acte III, scène VI.

Voilà ma fille
qui parle !
Ô grande vertu
du remède !
Ô admirable médecin !
Que je vous suis
obligé, Monsieur,
de cette guérison
merveilleuse.
Et que puis-je faire
pour vous, après
un tel service ?
Voilà une maladie
qui m'a bien donné
de la peine !

ACTE III, SCÈNE VI.

Quoi ?...
Vous m'opposerez en vain de belles raisons.
Si...
Tous vos discours ne serviront de rien.
Je...
C'est une chose où je suis déterminée.
Mais...
Il n'est puissance paternelle qui me puisse obliger à me marier malgré moi !
J'ai...
Vous avez beau faire tous vos efforts...
Il...
... mon cœur ne saurait se soumettre à cette tyrannie.
CLAC !

La...
Et je me jetterai plutôt dans un couvent...
La...
... que d'épouser un homme que je n'aime point !
Mais...
Non !
En aucune façon !
Point d'affaires.
Vous perdez le temps. Je n'en ferai rien. Cela est résolu.

Ah ! Quelle impétuosité de paroles, il n'y a pas moyen d'y résister.
Monsieur, je vous prie de la faire redevenir muette.
C'est une chose qui m'est impossible.
Tout ce que je puis faire pour votre service, est de vous rendre sourd, si vous voulez.
Je vous remercie.
Penses-tu donc...
Non !

ACTE III, SCÈNE VI.

... laissez-moi médicamenter cette affaire.
C'est une maladie qui la tient : et je sais le remède qu'il y faut apporter.
Serait-il possible, Monsieur, que vous puissiez aussi guérir cette maladie d'esprit ?
Oui, laissez-moi faire, j'ai des remèdes pour tout...
... et notre apothicaire nous servira pour cette cure.

Acte III, scène VI.

Pour moi, je n'y en vois qu'un seul...
... qui est une prise de fuite purgative...
... que vous mêlerez comme il faut, avec deux drachmes de matrimonium en pilules.

Peut-être fera-t-elle quelque difficulté à prendre ce remède...
... mais comme vous êtes habile homme dans votre métier...
... c'est à vous de l'y résoudre...
... et de lui faire avaler la chose ...
... du mieux que vous pourrez.

Allez-vous-en lui faire faire un petit tour de jardin...
... afin de préparer les humeurs...
... tandis que j'entretiendrai ici son père.
Mais surtout, ne perdez point de temps !
Au remède, vite !
Au remède spécifique !

ACTE III, SCÈNE VI.

Quelles drogues, Monsieur, sont celles que vous venez de dire ?
Il me semble que je ne les ai jamais ouï nommer.
Ce sont drogues dont on se sert dans les nécessités urgentes.
Avez-vous jamais vu une insolence pareille à la sienne ?
Les filles sont quelquefois un peu têtues.
Vous ne sauriez croire comme elle est affolée de ce Léandre.

ACTE III, SCÈNE VII.

Il serait arrivé quelque folie, si j'avais souffert qu'ils se fussent vus.
Sans doute.
Et je crois qu'elle aurait été fille à s'en aller avec lui.
C'est prudemment raisonné.
On m'avertit qu'il fait tous ses efforts pour lui parler.
Quel drôle.

ACTE III, SCÈNE VII.

Ah, palsanguenne !
Monsieu, vaici bian du tintamarre...
... votte fille s'en est enfuie avec son Liandre !
C'était lui qui était l'Apothicaire...

Acte III, scène VIII.

Ah! mon Dieu, que j'ai eu de peine à trouver ce logis...
... dites-moi un peu des nouvelles du médecin que je vous ai donné.
Le velà, qui va être pendu.
Quoi, mon mari pendu, hélas...

ACTE III, SCÈNE IX.

Ah...
Faut-il que tu te laisses mourir en présence de tant de gens ?
Que veux-tu que j'y fasse ?
Encore, si tu avais achevé de couper notre bois...
... je prendrais quelque consolation.

Acte III, scène IX.

Acte III, scène X. Géronte, Sganarelle, Martine, Lucas.

ACTE III, SCÈNE XI. LÉANDRE, LUCINDE, JACQUELINE, LUCAS, GÉRONTE, SGANARELLE, MARTINE.

Ce que je vous dirai, Monsieur, c'est que je viens tout à l'heure de recevoir des lettres...
... par où j'apprends que mon oncle est mort, et que je suis héritier de tous ses biens.
Monsieur, votre vertu m'est tout à fait considérable...
... et je vous donne ma fille...
... avec la plus grande joie du monde.

ACTE III, SCÈNE XI.

Soit, je te pardonne ces coups de bâton, en faveur de la dignité où tu m'as élevé...
... mais prépare-toi désormais à vivre dans un grand respect avec un homme de ma conséquence...
... et songe que la colère d'un médecin est plus à craindre qu'on ne peut croire.

ACTE III, SCÈNE XI.

LES PERSONNAGES

SGANARELLE	Mari de Martine.
MARTINE	Femme de Sganarelle.
M. ROBERT	Voisin de Sganarelle.
VALÈRE	Domestique de Géronte.
LUCAS	Mari de Jacqueline.
GÉRONTE	Père de Lucinde.
JACQUELINE	Nourrice chez Géronte, et femme de Lucas.
LUCINDE	Fille de Géronte.
LÉANDRE	Amant de Lucinde.
THIBAUT	Père de Perrin.
PERRIN	Fils de Thibaut, paysan.

le Médecin malgré lui

ACTE PREMIER

SCÈNE PREMIÈRE — SGANARELLE, MARTINE

SGANARELLE. — Non, je te dis que je n'en veux rien faire, et que c'est à moi de parler et d'être le maître.

MARTINE. — Et je te dis, moi, que je veux que tu vives à ma fantaisie et que je ne me suis point mariée avec toi pour souffrir tes fredaines.

SGANARELLE. — Ô la grande fatigue que d'avoir une femme ! et qu'Aristote a bien raison, quand il dit qu'une femme est pire qu'un démon !

MARTINE. — Voyez un peu l'habile homme, avec son benêt d'Aristote !

SGANARELLE. — Oui, habile homme trouve-moi un faiseur de fagots qui sache, comme moi, raisonner des choses, qui ait servi six ans, un fameux médecin, et qui ait su dans, son jeune âge, son rudiment par cœur.

MARTINE. — Peste du fou fieffé !

SGANARELLE. — Peste de la carogne !

MARTINE. — Que maudits soient l'heure et le jour où je m'avisai d'aller dire oui !

SGANARELLE. — Que maudit soit le bec cornu de notaire qui me fit signer ma ruine !

MARTINE. — C'est bien à toi, vraiment, à te plaindre de cette affaire. Devrais-tu être un seul moment sans rendre grâces au Ciel de m'avoir pour ta femme ? et méritais-tu d'épouser une personne comme moi ?

SGANARELLE. — Il est vrai que tu me fis trop d'honneur, et que j'eus lieu de me louer la première nuit de nos noces ! Hé ! morbleu, ne me fais point parler là-dessus, je dirais de certaines choses...

MARTINE. — Quoi ? Que dirais-tu ?

SGANARELLE. — Baste, laissons là ce chapitre. Il suffit que nous savons ce que nous savons, et que tu fus bien heureuse de me trouver.

MARTINE. — Qu'appelles-tu bien heureuse de te trouver ? Un homme qui me réduit à l'hôpital, un débauché, un traître qui me mange tout ce que j'ai ?

SGANARELLE. — Tu as menti, j'en bois une partie.

MARTINE. — Qui me vend, pièce à pièce, tout ce qui est dans le logis.

SGANARELLE. — C'est vivre de ménage.

MARTINE. — Qui m'a ôté jusqu'au lit que j'avais.

SGANARELLE. — Tu t'en lèveras plus matin.

MARTINE. — Enfin qui ne laisse aucun meuble dans toute la maison.

SGANARELLE. — On en déménage plus aisément.

MARTINE. — Et qui, du matin jusqu'au soir, ne fait que jouer et que boire.

SGANARELLE. — C'est pour ne me point ennuyer.

MARTINE. — Et que veux-tu, pendant ce temps, que je fasse avec ma famille ?

SGANARELLE. — Tout ce qu'il te plaira.

MARTINE. — J'ai quatre pauvres petits enfants sur les bras.

SGANARELLE. — Mets-les à terre.

MARTINE. — Qui me demandent à toute heure du pain.

SGANARELLE. — Donne-leur le fouet. Quand j'ai bien bu et bien mangé, je veux que tout le monde soit saoul dans ma maison.

MARTINE. — Et tu prétends, ivrogne, que les choses aillent toujours de même ?

SGANARELLE. — Ma femme, allons tout doucement, s'il vous plaît.

MARTINE. — Que j'endure éternellement tes insolences et tes débauches ?

SGANARELLE. — Ne nous emportons point, ma femme.

MARTINE. — Et que je ne sache pas trouver le moyen de te ranger à ton devoir ?

SGANARELLE. — Ma femme, vous savez que je n'ai pas l'âme endurante, et que j'ai le bras assez bon.

MARTINE. — Je me moque de tes menaces.

SGANARELLE. — Ma petite femme, ma mie, votre peau vous démange, à votre ordinaire.

MARTINE. — Je te montrerai bien que je ne te crains nullement.

SGANARELLE. — Ma chère moitié, vous avez envie de me dérober quelque chose.

MARTINE. — Crois-tu que je m'épouvante de tes paroles ?

SGANARELLE. — Doux objet de mes vœux, je vous frotterai les oreilles.

MARTINE. — Ivrogne que tu es !

SGANARELLE. — Je vous battrai.

MARTINE. — Sac à vin !

SGANARELLE. — Je vous rosserai.

MARTINE. — Infâme !

SGANARELLE. — Je vous étrillerai.

MARTINE. — Traître, insolent, trompeur, lâche, coquin, pendard, gueux, belître, fripon, maraud, voleur !…

SGANARELLE. *Il prend un bâton, et lui en donne.* — Ah ! Vous en voulez donc ?

MARTINE. — Ah ! Ah ! Ah ! Ah !

SGANARELLE. — Voilà le vrai moyen de vous apaiser.

SCÈNE II — M. ROBERT, SGANARELLE, MARTINE.

M. ROBERT. — Holà, holà, holà ! Fi ! Qu'est ceci ? Quelle infamie ! Peste soit le coquin, de battre ainsi sa femme !

MARTINE, *les mains sur les côtés, lui parle en le faisant reculer, et à la fin, lui donne un soufflet.* — Et je veux qu'il me batte, moi.

M. ROBERT. — Ah ! J'y consens de tout mon cœur.

MARTINE. — De quoi vous mêlez-vous ?

M. ROBERT. — J'ai tort.

MARTINE. — Est-ce là votre affaire ?

M. ROBERT. — Vous avez raison.

MARTINE. — Voyez un peu cet impertinent, qui veut empêcher les maris de battre leurs femmes.

M. ROBERT. — Je me rétracte.

MARTINE. — Qu'avez-vous à voir là-dessus ?

M. ROBERT. — Rien.

MARTINE. — Est-ce à vous d'y mettre le nez ?

M. ROBERT. — Non.

MARTINE. — Mêlez-vous de vos affaires.

M. ROBERT. — Je ne dis plus mot.

MARTINE. — Il me plaît d'être battue.

M. ROBERT. — D'accord.

MARTINE. — Ce n'est pas à vos dépens.

M. ROBERT. — Il est vrai.

MARTINE. — Et vous êtes un sot de venir vous fourrer où vous n'avez que faire.

M. ROBERT. *Il passe ensuite vers le mari, qui pareillement lui parle toujours en le faisant reculer, le frappe avec le même bâton, et le met en fuite ; il dit à la fin :* — Compère, je vous demande pardon de tout mon cœur.

Faites, rossez, battez comme il faut votre femme ; je vous aiderai, si vous le voulez.

SGANARELLE. — Il ne me plaît pas, moi.

M. ROBERT. — Ah! c'est une autre chose.

SGANARELLE. — Je la veux battre, si je le veux : et ne la veux pas battre, si je ne le veux pas.

M. ROBERT. — Fort bien.

SGANARELLE. — C'est ma femme, et non pas la vôtre.

M. ROBERT. — Sans doute.

SGANARELLE. — Vous n'avez rien à me commander.

M. ROBERT. — D'accord.

SGANARELLE. — Je n'ai que faire de votre aide.

M. ROBERT. — Très volontiers.

SGANARELLE. — Et vous êtes un impertinent, de vous ingérer des affaires d'autrui : apprenez que Cicéron dit qu'entre l'arbre et le doigt il ne faut point mettre l'écorce. *Ensuite il revient vers sa femme, et lui dit, en lui pressant la main :* Ô çà, faisons la paix nous deux. Touche là.

MARTINE. — Oui ! Après m'avoir ainsi battue!

SGANARELLE. — Cela n'est rien, touche.

MARTINE. — Je ne veux pas.

SGANARELLE. — Eh!

MARTINE. — Non.

SGANARELLE. — Ma petite femme !

MARTINE. — Point.

SGANARELLE. — Allons, te dis-je.

MARTINE. — Je n'en ferai rien.

SGANARELLE. — Viens, viens, viens.

MARTINE. — Non, je veux être en colère.

SGANARELLE. — Fi, c'est une bagatelle. Allons, allons.

MARTINE. — Laisse-moi là.

SGANARELLE. — Touche, te dis-je.

MARTINE. — Tu m'as trop maltraitée.

SGANARELLE. — Eh bien va, je te demande pardon, mets là, ta main.

MARTINE. — Je te pardonne ; *Elle dit le reste bas.* mais tu le payeras.

SGANARELLE. — Tu es une folle de prendre garde à cela ; ce sont petites choses qui sont de temps en temps nécessaires dans l'amitié, et cinq ou six coups de bâton, entre gens qui s'aiment, ne font que ragaillardir l'affection. Va, je m'en vais au bois : et je te promets aujourd'hui plus d'un cent de fagots.

SCÈNE III — MARTINE

MARTINE, *seule.* — Va, quelque mine que je fasse, je n'oublie pas mon ressentiment ; et je brûle en moi-même de trouver les moyens de te punir des coups que tu me donnes. Je sais bien qu'une femme a toujours dans les mains de quoi se venger d'un mari ; mais c'est une punition trop délicate pour mon pendard. Je veux une vengeance qui se fasse un peu mieux sentir ; et ce n'est pas contentement pour l'injure que j'ai reçue.

SCÈNE IV — VALÈRE, LUCAS, MARTINE.

LUCAS. — Parguenne ! J'avons pris là tous deux une gueble de commission ; et je ne sais pas, moi, ce que je pensons attraper.

VALÈRE. — Que veux-tu, mon pauvre nourricier ? Il faut bien obéir à notre maître ; et puis nous avons intérêt, l'un et l'autre, à la santé de sa fille, notre maîtresse ; et sans doute son mariage, différé par sa maladie, nous vaudrait quelque récompense. Horace, qui est libéral, a bonne part aux prétentions qu'on peut avoir sur sa personne ; et quoiqu'elle ait fait voir de l'amitié pour un certain Léandre, tu sais bien que son père n'a jamais voulu consentir à le recevoir pour son gendre.

MARTINE, *rêvant à part elle.* — Ne puis-je point trouver quelque invention pour me venger ?

LUCAS. — Mais quelle fantaisie s'est-il boutée là dans la tête, puisque les médecins y avont tous pardu leur latin ?

VALÈRE. — On trouve quelquefois, à force de chercher, ce qu'on ne trouve pas d'abord ; et souvent, en de simples lieux...

MARTINE. — Oui, il faut que je m'en venge à quelque prix que ce soit : ces coups de bâton me reviennent au cœur, je ne les saurais digérer, et... *Elle dit tout ceci en rêvant, de sorte que ne prenant pas garde à ces deux hommes, elle les heurte en se retournant, et leur dit :* — Ah! Messieurs, je vous demande pardon ; je ne vous voyais pas, et cherchais dans ma tête quelque chose qui m'embarrasse.

VALÈRE. — Chacun a ses soins dans le monde, et nous cherchons aussi ce que nous voudrions bien trouver.

MARTINE. — Serait-ce quelque chose où je vous puisse aider ?

VALÈRE. — Cela se pourrait faire ; et nous tâchons de rencontrer quelque habile homme, quelque médecin particulier, qui pût donner quelque soulagement à la fille de notre maître, attaquée d'une maladie qui lui a ôté tout d'un coup l'usage de la langue. Plusieurs médecins ont déjà épuisé toute leur science après elle : mais on trouve parfois des gens avec des secrets admirables, de certains remèdes particuliers, qui font le plus souvent, ce que les autres n'ont su faire ; et c'est là ce que nous cherchons.

MARTINE. *Elle dit ces premières lignes bas.* — Ah! que le Ciel m'inspire une admirable invention pour me venger de mon pendard. *Haut.* — Vous ne pouviez jamais vous mieux adresser pour rencontrer ce que vous cherchez et nous avons ici ; un homme, le plus merveilleux homme du monde, pour les maladies désespérées.

VALÈRE. — Et de grâce, où pouvons-nous le rencontrer ?

MARTINE. — Vous le trouverez maintenant vers ce petit lieu que voilà, qui s'amuse à couper du bois.

LUCAS. — Un médecin qui coupe du bois!

VALÈRE. — Qui s'amuse à cueillir des simples, voulez-vous dire ?

MARTINE. — Non c'est un homme extraordinaire, qui se plaît à cela, fantasque, bizarre, quinteux, et que vous ne prendriez jamais pour ce qu'il est. Il va vêtu d'une façon extravagante, affecte quelquefois de paraître ignorant, tient sa science renfermée, et ne fuit rien tant tous les jours que d'exercer les merveilleux talents qu'il a eus du Ciel pour la médecine.

VALÈRE. — C'est une chose admirable, que tous les grands hommes ont toujours du caprice, quelque petit grain de folie mêlé à leur science.

MARTINE. — La folie de celui-ci est plus grande qu'on ne peut croire, car elle va parfois jusqu'à vouloir être battu pour demeurer d'accord de sa capacité ; et je vous donne avis que vous n'en viendrez point à bout, qu'il n'avouera jamais qu'il est médecin, s'il se le met en fantaisie, que vous ne preniez chacun un bâton, et ne le réduisiez, à force de coups, à vous confesser à la fin ce qu'il vous cachera d'abord. C'est ainsi que nous en usons quand nous avons besoin de lui.

VALÈRE. — Voilà une étrange folie!

MARTINE. — Il est vrai ; mais, après cela, vous verrez qu'il fait des merveilles.

VALÈRE. — Comment s'appelle-t-il ?

MARTINE. — Il s'appelle Sganarelle ; mais il est aisé à connaître : C'est un homme qui a une large barbe noire, et qui porte une fraise, avec un habit jaune et vert.

LUCAS. — Un habit jaune et vart ! C'est donc le médecin des paroquets ?

VALÈRE. — Mais est-il bien vrai qu'il soit si habile que vous le dites ?

MARTINE. — Comment ! C'est un homme qui fait des miracles. Il y a six mois qu'une femme fut abandonnée de tous les autres médecins. On la tenait morte il y avait déjà six heures, et l'on se disposait à l'ensevelir, lorsqu'on y fit venir de force l'homme dont nous parlons. Il lui mit, l'ayant vue, une petite goutte de je ne sais quoi dans la bouche, et dans le même instant, elle se leva de son lit et se mit aussitôt à se promener dans sa chambre, comme si de rien n'eût été.

LUCAS. — Ah !

VALÈRE. — Il fallait que ce fût quelque goutte d'or potable.

MARTINE. — Cela pourrait bien être. Il n'y a pas trois semaines encore qu'un jeune enfant de douze ans tomba du haut du clocher en bas, et se brisa, sur le pavé, la tête, les bras et les jambes. On n'y eut pas plus tôt amené notre homme, qu'il le frotta par tout le corps d'un certain onguent qu'il sait faire ; et l'enfant aussitôt se leva sur ses pieds, et courut jouer à la fossette.

LUCAS. — Ah !

VALÈRE. — Il faut que cet homme-là ait la médecine universelle.

MARTINE. — Qui en doute ?

LUCAS. — Testigué ! Velà justement l'homme qu'il nous faut. Allons vite le charcher.

VALÈRE. — Nous vous remercions du plaisir que vous nous faites.

MARTINE. — Mais souvenez-vous bien au moins de l'avertissement que je vous ai donné.

LUCAS. — Eh, morguenne ! Laissez-nous faire : s'il ne tient qu'à battre, la vache est à nous.

VALÈRE. — Nous sommes bien heureux d'avoir fait cette rencontre ; et j'en conçois, pour moi, la meilleure espérance du monde.

SCÈNE V
SGANARELLE, VALÈRE, LUCAS.

SGANARELLE *entre sur le théâtre en chantant* — La, la, la.

VALÈRE. — J'entends quelqu'un qui chante, et qui coupe du bois.

SGANARELLE. — La, la, la... Ma foi, c'est assez travaillé pour boire un coup. Prenons un peu d'haleine. *Il boit, et dit après avoir bu :*
— Voilà du bois qui est salé comme tous les diables.
Qu'ils sont doux
Bouteille jolie,
Qu'ils sont doux
Vos petits glouglous !
Mais mon sort ferait bien des jaloux,
Si vous étiez toujours remplie.
Ah ! Bouteille, ma mie,
Pourquoi vous videz-vous ?

Allons, morbleu ! il ne faut point engendrer de mélancolie.

VALÈRE. — Le voilà lui-même.

LUCAS. — Je pense que vous dites vrai : et que j'avons bouté le nez dessus.

VALÈRE. — Voyons de près.

SGANARELLE, *les apercevant, les regarde en se tournant vers l'un, et puis vers l'autre, et, abaissant sa voix, dit :* — Ah ! Ma petite friponne, que je t'aime, mon petit bouchon !
Il chante :
... Mon sort... ferait... bien des.... jaloux,
Si...
Que diable ! à qui en veulent ces gens-là ?

VALÈRE. — C'est lui assurément.

LUCAS. — Le velà tout craché comme on nous l'a défiguré.

SGANARELLE, *à part. Ici il pose la bouteille à terre, et Valère se baissant pour le saluer, comme il croit que c'est à dessein de la prendre, il la met de l'autre côté ; ensuite de quoi, Lucas faisant la même chose, il la reprend et la tient contre son estomac, avec divers gestes qui font un grand jeu de théâtre.* — Ils consultent en me regardant. Quel dessein auraient-ils ?

VALÈRE. — Monsieur, n'est-ce pas vous qui vous appelez Sganarelle ?

SGANARELLE. — Eh quoi ?

VALÈRE. — Je vous demande si ce n'est pas vous qui se nomme Sganarelle.

SGANARELLE, *se tournant vers Valère, puis vers Lucas.* — Oui et non, selon ce que vous lui voulez.

VALÈRE. — Nous ne voulons que lui faire toutes les civilités que nous pourrons.

SGANARELLE. — En ce cas, c'est moi, qui se nomme Sganarelle.

VALÈRE. — Monsieur, nous sommes ravis de vous voir. On nous a adressés à vous, pour ce que nous cherchons ; et nous venons implorer votre aide, dont nous avons besoin.

SGANARELLE. — Si c'est quelque chose, Messieurs, qui dépende de mon petit négoce, je suis tout prêt à vous rendre service.

VALÈRE. — Monsieur, c'est trop de grâce que vous nous faites. Mais, Monsieur, couvrez-vous, s'il vous plaît, le soleil pourrait vous incommoder.

LUCAS. — Monsieu, boutez dessus.

SGANARELLE, *bas.* — Voici des gens bien pleins de cérémonie.

VALÈRE. — Monsieur, il ne faut pas trouver étrange que nous venions à vous : les habiles gens sont toujours recherchés, et nous sommes instruits de votre capacité.

SGANARELLE. — Il est vrai, Messieurs, que je suis le premier homme du monde pour faire des fagots.

VALÈRE. — Ah ! Monsieur...

SGANARELLE. — Je n'y épargne aucune chose, et les fais d'une façon qu'il n'y a rien à dire.

VALÈRE. — Monsieur, ce n'est pas cela dont il est question.

SGANARELLE. — Mais aussi je les vends cent dix sols le cent.

VALÈRE. — Ne parlons point de cela, s'il vous plaît.

SGANARELLE. — Je vous promets que je ne saurais les donner à moins.

VALÈRE. — Monsieur, nous savons les choses.

SGANARELLE. — Si vous savez les choses, vous savez que je les vends cela.

VALÈRE. — Monsieur, c'est se moquer que...

SGANARELLE. — Je ne me moque point, je n'en puis rien rabattre.

VALÈRE. — Parlons d'autre façon, de grâce.

SGANARELLE. — Vous en pourrez trouver autre part à moins : il y a fagots et fagots ; mais pour ceux que je fais...

VALÈRE. — Eh ! Monsieur, laissons là ce discours.

SGANARELLE. — Je vous jure que vous ne les auriez pas, s'il s'en fallait un double.

VALÈRE. — Eh fi !

SGANARELLE. — Non, en conscience, vous en payerez cela. Je vous parle sincèrement, et ne suis pas homme à surfaire.

VALÈRE. — Faut-il, Monsieur, qu'une personne comme vous s'amuse à ces grossières feintes ? s'abaisse à parler de la sorte ? qu'un homme si savant, un fameux médecin, comme vous êtes, veuille se déguiser aux yeux du monde, et tenir enterrés les beaux talents qu'il a ?

SGANARELLE, *à part.* — Il est fou.

VALÈRE. — De grâce, Monsieur, ne dissimulez point avec nous.

SGANARELLE. — Comment ?

LUCAS. — Tout ce tripotage ne sart de rian ; je savons çen que je savons.

SGANARELLE. — Quoi donc ? que me voulez-vous dire ? Pour qui me prenez-vous ?

VALÈRE. — Pour ce que vous êtes, pour un grand médecin.

SGANARELLE. — Médecin vous-même : je ne le suis point, et ne l'ai jamais été.

VALÈRE, *bas.* — Voilà sa folie qui le tient. *haut.* Monsieur, ne veuillez point nier les choses davantage ; et n'en venons point, s'il vous plaît, à de fâcheuses extrémités.

SGANARELLE. — À quoi donc ?

VALÈRE. — À de certaines choses dont nous serions marris.

SGANARELLE. — Parbleu ! venez-en à tout ce qu'il vous plaira ; je ne suis point médecin, et ne sais ce que vous me voulez dire.

VALÈRE, *bas.* — Je vois bien qu'il faut se servir du remède. *Haut.* Monsieur, encore un coup, je vous prie d'avouer ce que vous êtes.

LUCAS. — Et testigué ! Ne lantiponez point davantage, et confessez à la franquette que v'êtes médecin.

SGANARELLE. — J'enrage.

VALÈRE. — À quoi bon nier ce qu'on sait ?

LUCAS. — Pourquoi toutes ces fraimes-là ? À quoi est-ce que ça vous sart ?

SGANARELLE. — Messieurs, en un mot autant qu'en deux mille, je vous dis que je ne suis point médecin.

VALÈRE. — Vous n'êtes point médecin ?

SGANARELLE. — Non.

LUCAS. — V'n'êtes pas médecin ?

SGANARELLE. — Non, vous dis-je.

VALÈRE. — Puisque vous le voulez, il faut s'y résoudre. *Ils prennent un bâton et le frappent.*

SGANARELLE. — Ah ! Ah ! Ah ! Messieurs, je suis tout ce qu'il vous plaira.

VALÈRE. — Pourquoi, Monsieur, nous obligez-vous à cette violence ?

LUCAS. — À quoi bon nous bailler la peine de vous battre ?

VALÈRE. — Je vous assure que j'en ai tous les regrets du monde.

LUCAS. — Par ma figué ! J'en sis fâché, franchement.

SGANARELLE. — Que diable est ceci, Messieurs ? De grâce, est-ce pour rire, ou si tous deux vous extravaguez, de vouloir que je sois médecin ?

VALÈRE. — Quoi ! Vous ne vous rendez pas encore, et vous vous défendez d'être médecin ?

SGANARELLE. — Diable emporte si je le suis !

LUCAS. — Il n'est pas vrai qu'ous sayez médecin ?

SGANARELLE. — Non, la peste m'étouffe ! *Là ils recommencent de le battre.* — Ah ! Ah ! Éh bien, Messieurs, oui, puisque vous le voulez, je suis médecin, je suis médecin ; apothicaire encore, si vous le trouvez bon. J'aime mieux consentir à tout que de me faire assommer.

VALÈRE. — Ah ! Voilà qui va bien, Monsieur, je suis ravi de vous voir raisonnable.

LUCAS. — Vous me boutez la joie au cœur, quand je vous vois parler comme ça.

VALÈRE. — Je vous demande pardon de toute mon âme.

LUCAS. — Je vous demandons excuse de la libarté que j'avons prise.

SGANARELLE, *à part.* — Ouais ! Serait-ce bien moi qui me tromperais, et serais-je devenu médecin sans m'en être aperçu ?

VALÈRE. — Monsieur, vous ne vous repentirez pas de nous montrer ce que vous êtes ; et vous verrez assurément que vous en serez satisfait.

SGANARELLE. — Mais, Messieurs, dites-moi, ne vous trompez-vous point vous-mêmes ? Est-il bien assuré que je sois médecin ?

LUCAS. — Oui, par ma figué !

SGANARELLE. — Tout de bon ?

VALÈRE. — Sans doute.

SGANARELLE. — Diable emporte si je le savais!

VALÈRE. — Comment ? Vous êtes le plus habile médecin du monde.

SGANARELLE. — Ah ! Ah !

LUCAS. — Un médecin qui a gari je ne sais combien de maladies.

SGANARELLE. — Tudieu !

VALÈRE. — Une femme était tenue pour morte il y avait six heures ; elle était prête à ensevelir, lorsque, avec une goutte de quelque chose, vous la fîtes revenir et marcher d'abord par la chambre.

SGANARELLE. — Peste !

LUCAS. — Un petit enfant de douze ans se laissit choir du haut d'un clocher, de quoi il eut la tête, les jambes, et les bras cassés ; et vous, avec je ne sais quel onguent, vous fîtes qu'aussitôt il se relevit sur ses pieds, et s'en fut jouer à la fossette.

SGANARELLE. — Diantre !

VALÈRE. — Enfin, Monsieur, vous aurez contentement avec nous ; et vous gagnerez ce que vous voudrez, en vous laissant conduire où nous prétendons vous mener.

SGANARELLE. — Je gagnerai ce que je voudrai ?

VALÈRE. — Oui.

SGANARELLE. — Ah! je suis médecin, sans contredit. Je l'avais oublié, mais je m'en ressouviens. De quoi est-il question ? Où faut-il se transporter ?

VALÈRE. — Nous vous conduirons. Il est question d'aller voir une fille qui a perdu la parole.

SGANARELLE. — Ma foi ! je ne l'ai pas trouvée.

VALÈRE. — Il aime à rire. Allons, Monsieur.

SGANARELLE. — Sans une robe de médecin ?

VALÈRE. — Nous en prendrons une.

SGANARELLE, *présentant sa bouteille à Valère.* — Tenez cela, vous : voilà où je mets mes juleps. *Puis se tournant vers Lucas en crachant.* — Vous, marchez là-dessus, par ordonnance du médecin.

LUCAS. — Palsanguenne ! Velà un médecin qui me plaît : je pense qu'il réussira, car il est bouffon.

ACTE II

SCÈNE PREMIÈRE — GÉRONTE, VALÈRE, LUCAS, JACQUELINE.

VALÈRE. — Oui, Monsieur, je crois que vous serez satisfait ; et nous vous avons amené le plus grand médecin du monde.

LUCAS. — Oh ! Morguenne ! il faut tirer l'échelle après ceti-là, et tous les autres ne sont pas daignes de li déchausser ses souillez.

VALÈRE. — C'est un homme qui a fait des cures merveilleuses.

LUCAS. — Qui a gari des gens qui estiants morts.

VALÈRE. — Il est un peu capricieux, comme je vous ai dit ; et parfois il a des moments où son esprit s'échappe et ne paraît pas ce qu'il est.

LUCAS. — Oui, il aime à bouffonner ; et l'an dirait par fois, ne v's en déplaise, qu'il a quelque petit coup de hache à la tête.

VALÈRE. — Mais, dans le fond, il est toute science, et bien souvent il dit des choses tout à fait relevées.

LUCAS. — Quand il s'y boute, il parle tout fin drait comme s'il lisait dans un livre.

VALÈRE. — Sa réputation s'est déjà répandue ici, et tout le monde vient à lui.

GÉRONTE. — Je meurs d'envie de le voir ; faites-le-moi vite venir.

VALÈRE. — Je le vais quérir.

JACQUELINE. — Par ma fi ! Monsieu, ceti-ci fera justement ce qu'ant fait les autres. Je pense que ce sera queussi queumi ; et la meilleure médeçaine que l'an pourrait bailler à votre fille, ce serait, selon moi, un biau et bon mari, pour qui elle eût de l'amiquié.

GÉRONTE. — Ouais ! Nourrice, ma mie, vous vous mêlez de bien des choses.

LUCAS. — Taisez-vous, notre ménagère Jaquelaine : ce n'est pas à vous à bouter là votre nez.

JACQUELINE. — Je vous dis et vous douze que tous ces médecins n'y feront rian que de l'iau claire, que votre fille a besoin d'autre chose que de ribarbe et de sené, et qu'un mari est une emplâtre qui garit tous les maux des filles.

GÉRONTE. — Est-elle en état maintenant qu'on s'en voulût charger, avec l'infirmité qu'elle a ? Et lorsque j'ai été dans le dessein de la marier, ne s'est-elle pas opposée à mes volontés ?

JACQUELINE. — Je le crois bian : vous li vouilliez bailler eun homme qu'alle n'aime point. Que ne preniais-vous ce Monsieu Liandre, qui li touchait au cœur ? Elle aurait été fort obéissante ; et je m'en vas gager qu'il la prendrait, li, comme alle est, si vous la li vouillais donner.

GÉRONTE. — Ce Léandre n'est pas ce qu'il lui faut : il n'a pas du bien comme l'autre.

JACQUELINE. — Il a un oncle qui est si riche, dont il est hériquié.

GÉRONTE. — Tous ces biens à venir me semblent autant de chansons. Il n'est rien tel que ce qu'on tient ; et l'on court grand risque de s'abuser, lorsque l'on compte sur le bien qu'un autre vous garde. La mort n'a pas toujours les oreilles ouvertes aux vœux et aux prières de Messieurs les héritiers ; et l'on a le temps d'avoir les dents longues, lorsqu'on attend, pour vivre, le trépas de quelqu'un.

JACQUELINE. — Enfin j'ai toujours ouï dire qu'en mariage, comme ailleurs, contentement passe richesse. Les pères et les mères ant cette maudite couteume de demander toujours : "Qu'a-t-il ? " et : "Qu'a-t-elle ? " et le compère Biarre a marié sa fille Simonette au gros Thomas pour un quarquié de vaigne qu'il avait davantage que le jeune Robin, où alle avait bouté son amiquié ; et velà que la pauvre creiature en est devenue jaune comme un coing, et n'a point profité tout depuis ce temps-là. C'est un bel exemple pour vous, Monsieu. On n'a que son plaisir en ce monde ; et j'aimerais mieux bailler à ma fille eun bon mari qui li fût agriable, que toutes les rentes de la Biausse.

GÉRONTE. — Peste ! Madame la nourrice, comme vous dégoisez ! Taisez-vous, je vous prie, vous prenez trop de soin, et vous échauffez votre lait.

LUCAS. *En disant ceci, il frappe sur la poitrine à Géronte.* — Morgué ! Tais-toi, t'es eune impartinante. Monsieu n'a que faire de tes discours, et il sait ce qu'il a à faire. Mêle-toi de donner à téter à ton enfant, sans tant faire la raisonneuse. Monsieu est le père de sa fille, et il est bon et sage pour voir ce qu'il li faut.

GÉRONTE. — Tout doux ! Oh, tout doux !

LUCAS. — Monsieu, je veux un peu la mortifier, et li apprendre le respect qu'alle vous doit.

GÉRONTE. — Oui, mais ces gestes ne sont pas nécessaires.

SCÈNE II – VALÈRE, SGANARELLE, GÉRONTE, LUCAS, JACQUELINE.

VALÈRE. — Monsieur, préparez-vous. Voici notre médecin qui entre.

GÉRONTE. — Monsieur, je suis ravi de vous voir chez moi, et nous avons grand besoin de vous.

SGANARELLE, *en robe de médecin, avec un chapeau des plus pointus.* — Hippocrate dit... que nous nous couvrions tous deux.

GÉRONTE. — Hippocrate dit cela ?

SGANARELLE. — Oui.

GÉRONTE. — Dans quel chapitre, s'il vous plaît ?

SGANARELLE. — Dans son chapitre des chapeaux.

GÉRONTE. — Puisque Hippocrate le dit, il le faut faire.

SGANARELLE. — Monsieur le Médecin, ayant appris les merveilleuses choses...

GÉRONTE. — À qui parlez-vous, de grâce ?

SGANARELLE. — À vous.

GÉRONTE. — Je ne suis pas médecin.

SGANARELLE. — Vous n'êtes pas médecin ?

GÉRONTE. — Non, vraiment.

SGANARELLE. *Il prend ici un bâton, et le bat comme on l'a battu.* — Tout de bon ?

GÉRONTE. — Tout de bon. Ah ! Ah ! Ah !

SGANARELLE. — Vous êtes médecin maintenant : je n'ai jamais eu d'autres licences.

GÉRONTE. — Quel diable d'homme m'avez-vous là amené ?

VALÈRE. — Je vous ai bien dit que c'était un médecin goguenard.

GÉRONTE. — Oui ; mais je l'envoirais promener avec ses goguenarderies.

LUCAS. — Ne prenez pas garde à ça, Monsieu : ce n'est que pour rire.

GÉRONTE. — Cette raillerie ne me plaît pas.

SGANARELLE. — Monsieur, je vous demande pardon de la liberté que j'ai prise.

GÉRONTE. — Monsieur, je suis votre serviteur.

SGANARELLE. — Je suis fâché...

GÉRONTE. — Cela n'est rien.

SGANARELLE. — Des coups de bâton...

GÉRONTE. — Il n'y a pas de mal.

SGANARELLE. — Que j'ai eu l'honneur de vous donner.

GÉRONTE. — Ne parlons plus de cela. Monsieur, j'ai une fille qui est tombée dans une étrange maladie.

SGANARELLE. — Je suis ravi, Monsieur, que votre fille ait besoin de moi ; et je souhaiterais de tout mon cœur que vous en eussiez besoin aussi, vous et toute votre famille, pour vous témoigner l'envie que j'ai de vous servir.

GÉRONTE. — Je vous suis obligé de ces sentiments.

SGANARELLE. — Je vous assure que c'est du meilleur de mon âme que je vous parle.

GÉRONTE. — C'est trop d'honneur que vous me faites.

SGANARELLE. — Comment s'appelle votre fille ?

GÉRONTE. — Lucinde.

SGANARELLE. — Lucinde ! Ah ! Beau nom à médicamenter ! Lucinde !

GÉRONTE. — Je m'en vais voir un peu ce qu'elle fait.

SGANARELLE. — Qui est cette grande femme-là ?

GÉRONTE. — C'est la nourrice d'un petit enfant que j'ai.

SGANARELLE. — Peste ! Le joli meuble que voilà ! Ah ! Nourrice, charmante Nourrice, ma médecine est la très humble esclave de votre nourricerie, et je voudrais bien être le petit poupon fortuné qui tétât le lait de vos bonnes grâces. *Il lui porte la main sur le sein.* Tous mes remèdes, toute ma science, toute ma capacité est à votre service, et...

LUCAS. — Avec votte parmission, Monsieu le Médecin, laissez là ma femme, je vous prie.

SGANARELLE. — Quoi ! Est-elle votre femme ?

LUCAS. — Oui.

SGANARELLE. *Il fait semblant d'embrasser Lucas, et se tournant du côté de la nourrice, il l'embrasse.* — Ah ! Vraiment, je ne savais pas cela, et je m'en réjouis pour l'amour de l'un et de l'autre.

LUCAS, *en le tirant.* — Tout doucement, s'il vous plaît.

SGANARELLE. — Je vous assure que je suis ravi que vous soyez unis ensemble. Je la félicite d'avoir un mari comme vous, *Il fait encore semblant d'embrasser Lucas, et, passant dessous ses bras, se jette au cou de sa femme,* et je vous félicite, vous, d'avoir une femme si belle, si sage, et si bien faite comme elle est.

LUCAS, *en le tirant encore.* — Eh ! Testigué ! Point tant de compliment, je vous supplie.

SGANARELLE. — Ne voulez-vous pas que je me réjouisse avec vous d'un si bel assemblage ?

LUCAS. — Avec moi, tant qu'il vous plaira ; mais avec ma femme, trêve de sarimonie.

SGANARELLE. — Je prends part également au bonheur de tous deux ; *il continue le même jeu,* et si je vous embrasse pour vous en témoigner ma joie, je l'embrasse de même pour lui en témoigner aussi.

LUCAS, *en le tirant derechef.* — Ah ! Vartigué, Monsieu le Médecin, que de lantiponages !

SCÈNE III — SGANARELLE, GÉRONTE, LUCAS, JACQUELINE.

GÉRONTE. — Monsieur, voici tout à l'heure ma fille qu'on va vous amener.

SGANARELLE. — Je l'attends, Monsieur, avec toute la médecine.

GÉRONTE. — Où est-elle ?

SGANARELLE, *se touchant le front.* — Là-dedans.

GÉRONTE. — Fort bien.

SGANARELLE, *en voulant toucher les tétons de la nourrice.* — Mais, comme je m'intéresse à toute votre famille, il faut que j'essaye un peu le lait de votre nourrice, et que je visite son sein.

LUCAS, *le tirant et lui faisant faire la pirouette.* — Nanain, nanain, je n'avons que faire de ça.

SGANARELLE. — C'est l'office du médecin de voir les tétons des nourrices.

LUCAS. — Il gnia office qui quienne, je sis votte sarviteur.

SGANARELLE. — As-tu bien la hardiesse de t'opposer au médecin ? Hors de là.

LUCAS. — Je me moque de ça.

SGANARELLE, *en le regardant de travers.* — Je te donnerai la fièvre.

JACQUELINE, *prenant Lucas par le bras et lui faisant aussi faire la pirouette.* — Ôte-toi de là aussi ; est-ce que je ne sis pas assez grande pour me défendre moi-même, s'il me fait quelque chose qui ne soit pas à faire ?

LUCAS. — Je ne veux pas qu'il te tâte, moi.

SGANARELLE. — Fi, le vilain, qui est jaloux de sa femme.

GÉRONTE. — Voici ma fille.

SCÈNE IV — LUCINDE, VALÈRE, GÉRONTE, LUCAS, SGANARELLE, JACQUELINE.

SGANARELLE. — Est-ce là la malade ?

GÉRONTE. — Oui, je n'ai qu'elle de fille ; et j'aurais tous les regrets du monde si elle venait à mourir.

SGANARELLE. — Qu'elle s'en garde bien ! il ne faut pas qu'elle meure sans l'ordonnance du médecin.

GÉRONTE. — Allons, un siège.

SGANARELLE, *assis entre Géronte et Lucinde* — Voilà une malade qui n'est pas tant dégoûtante : et je tiens qu'un homme bien sain s'en accommoderait assez.

GÉRONTE. — Vous l'avez fait rire, Monsieur.

SGANARELLE. — Tant mieux, lorsque le médecin fait rire le malade, c'est le meilleur signe du monde. Eh bien ! de quoi est-il question ? qu'avez-vous ? quel est le mal que vous sentez ?

LUCINDE *répond par signes, en portant sa main à sa bouche, à sa tête et sous son menton.* — Han, hi, hon, han.

SGANARELLE. — Eh ! Que dites-vous ?

LUCINDE *continue les mêmes gestes.* — Han, hi, hon, han, han, hi, hon.

SGANARELLE. — Quoi ?

LUCINDE. — Han, hi, hon.

SGANARELLE, *la contrefaisant.* — Han, hi, hon, han, ha. Je ne vous entends point. Quel diable de langage est-ce là ?

GÉRONTE. — Monsieur, c'est là sa maladie. Elle est devenue muette, sans que jusques ici on en ait pu savoir la cause ; et c'est un accident qui a fait reculer son mariage.

SGANARELLE. — Et pourquoi ?

GÉRONTE. — Celui qu'elle doit épouser veut attendre sa guérison pour conclure les choses.

SGANARELLE. — Et qui est ce sot-là qui ne veut pas que sa femme soit muette ? Plût à Dieu que la mienne eût cette maladie ! Je me garderais bien de la vouloir guérir.

GÉRONTE. — Enfin, Monsieur, nous vous prions d'employer tous vos soins pour la soulager de son mal.

SGANARELLE. — Ah ! ne vous mettez pas en peine. Dites-moi un peu, ce mal l'oppresse-t-il beaucoup ?

GÉRONTE. — Oui, Monsieur.

SGANARELLE. — Tant mieux. Sent-elle de grandes douleurs ?

GÉRONTE. — Fort grandes.

SGANARELLE. — C'est fort bien fait. Va-t-elle où vous savez ?

GÉRONTE. — Oui.

SGANARELLE. — Copieusement ?

GÉRONTE. — Je n'entends rien à cela.

SGANARELLE. — La matière est-elle louable ?

GÉRONTE. — Je ne me connais pas à ces choses.

SGANARELLE, *se tournant vers la malade.* — Donnez-moi votre bras. Voilà un pouls qui marque que votre fille est muette.

GÉRONTE. — Eh ! oui, Monsieur, c'est là son mal ; vous l'avez trouvé tout du premier coup.

SGANARELLE. — Ah, ah !

JACQUELINE. — Voyez comme il a deviné sa maladie.

SGANARELLE. — Nous autres grands médecins, nous connaissons d'abord les choses. Un ignorant aurait été embarrassé, et vous eût été dire : "C'est ceci, c'est cela" ; mais moi, je touche au but du premier coup, et je vous apprends que votre fille est muette.

GÉRONTE. — Oui, mais je voudrais bien que vous me pussiez dire d'où cela vient.

SGANARELLE. — Il n'est rien plus aisé. Cela vient de ce qu'elle a perdu la parole.

GÉRONTE. — Fort bien ; mais la cause, s'il vous plaît, qui fait qu'elle a perdu la parole ?

SGANARELLE. — Tous nos meilleurs auteurs vous diront que c'est l'empêchement de l'action de sa langue.

GÉRONTE. — Mais, encore, vos sentiments sur cet empêchement de l'action de sa langue ?

SGANARELLE. — Aristote, là-dessus, dit... de fort belles choses.

GÉRONTE. — Je le crois.

SGANARELLE. — Ah ! c'était un grand homme!

GÉRONTE. — Sans doute.

SGANARELLE, *levant son bras depuis le coude.* — Grand homme tout à fait : un homme qui était plus grand que moi de tout cela. Pour revenir donc à notre raisonnement, je tiens que cet empêchement de l'action de sa langue est causé par de certaines humeurs, qu'entre nous autres savants nous appelons humeurs peccantes ; peccantes, c'est-à-dire... humeurs peccantes ; d'autant que les vapeurs formées par les exhalaisons des influences qui s'élèvent dans la région des maladies, venant... pour ainsi dire... à... Entendez-vous le latin ?

GÉRONTE. — En aucune façon.

SGANARELLE, *se levant avec étonnement.* — Vous n'entendez point le latin!

GÉRONTE. — Non.

SGANARELLE, *en faisant diverses plaisantes postures.* — Cabricias arci thuram, catalamus, singulariter, nominativo hæc Musa, "la Muse", bonus, bona, bonum, Deus sanctus, estne oratio latinas ? Etiam, "oui", Quare, "pourquoi ? " Quia substantivo et adjectivum concordat in generi, numerum, et casus.

GÉRONTE. — Ah! que n'ai-je étudié!

JACQUELINE. — L'habile homme que velà!

LUCAS. — Oui, ça est si biau, que je n'y entends goutte.

SGANARELLE. — Or ces vapeurs dont je vous parle venant à passer du côté gauche, où est le foie, au côté droit, où est le cœur, il se trouve que le poumon, que nous appelons en latin armyan, ayant communication avec le cerveau, que nous nommons en grec nasmus, par le moyen de la veine cave, que nous appelons en hébreu cubile, rencontre en son chemin lesdites vapeurs qui remplissent les ventricules de l'omoplate ; et parce que lesdites vapeurs... comprenez bien ce raisonnement, je vous prie, et parce que lesdites vapeurs ont une certaine malignité... Écoutez bien ceci, je vous conjure.

GÉRONTE. — Oui.

SGANARELLE. — Ont une certaine malignité qui est causée... Soyez attentif, s'il vous plaît.

GÉRONTE. — Je le suis.

SGANARELLE. — Qui est causée par l'âcreté des humeurs engendrées dans la concavité du diaphragme, il arrive que ces vapeurs...

Ossabandus, nequeys, nequer, potarinum, quipsa milus. Voilà justement ce qui fait que votre fille est muette.

JACQUELINE. — Ah que ça est bian dit, notte homme!

LUCAS. — Que n'ai-je la langue aussi bian pendue!

GÉRONTE. — On ne peut pas mieux raisonner, sans doute. Il n'y a qu'une seule chose qui m'a choqué : c'est l'endroit du foie et du cœur. Il me semble que vous les placez autrement qu'ils ne sont ; que le cœur est du côté gauche, et le foie du côté droit.

SGANARELLE. — Oui, cela était autrefois ainsi ; mais nous avons changé tout cela, et nous faisons maintenant la médecine d'une méthode toute nouvelle.

GÉRONTE. — C'est ce que je ne savais pas, et je vous demande pardon de mon ignorance.

SGANARELLE. — Il n'y a point de mal, et vous n'êtes pas obligé d'être aussi habile que nous.

GÉRONTE. — Assurément. Mais, Monsieur, que croyez-vous qu'il faille faire à cette maladie ?

SGANARELLE. — Ce que je crois qu'il faille faire ?

GÉRONTE. — Oui.

SGANARELLE. — Mon avis est qu'on la remette sur son lit, et qu'on lui fasse prendre pour remède quantité de pain trempé dans du vin.

GÉRONTE. — Pourquoi cela, Monsieur ?

SGANARELLE. — Parce qu'il y a dans le vin et le pain, mêlés ensemble, une vertu sympathique qui fait parler. Ne voyez-vous pas bien qu'on ne donne autre chose aux perroquet, et qu'ils apprennent à parler en mangeant de cela ?

GÉRONTE. — Cela est vrai. Ah ! Le grand homme ! Vite, quantité de pain et de vin.

SGANARELLE. — Je reviendrai voir, sur le soir, en quel état elle sera. *À la nourrice.* Doucement, vous. Monsieur, voilà une nourrice à laquelle il faut que je fasse quelques petits remèdes.

JACQUELINE. — Qui ? Moi ? Je me porte le mieux du monde.

SGANARELLE. — Tant pis, Nourrice, tant pis. Cette grande santé est à craindre, et il ne sera pas mauvais de vous faire quelque petite saignée amiable, de vous donner quelque petit clystère dulcifiant.

GÉRONTE. — Mais, Monsieur, voilà une mode que je ne comprends point. Pourquoi s'aller faire saigner quand on n'a point de maladie ?

SGANARELLE. — Il n'importe, la mode en est salutaire ; et comme on boit pour la soif à venir, il faut se faire aussi saigner pour la maladie à venir.

JACQUELINE, *en se retirant.* — Ma fi, je me moque de ça, et je ne veux point faire de mon corps une boutique d'apothicaire.

SGANARELLE. — Vous êtes rétive aux remèdes ; mais nous saurons vous soumettre à la raison. *Parlant à Géronte.* Je vous donne le bonjour.

GÉRONTE. — Attendez un peu, s'il vous plaît.

SGANARELLE. — Que voulez-vous faire ?

GÉRONTE. — Vous donner de l'argent, Monsieur.

SGANARELLE, *tendant sa main derrière, par-dessous sa robe, tandis que Géronte ouvre sa bourse.* — Je n'en prendrai pas, Monsieur.

GÉRONTE. — Monsieur...

SGANARELLE. — Point du tout.

GÉRONTE. — Un petit moment.

SGANARELLE. — En aucune façon.

GÉRONTE. — De grâce !

SGANARELLE. — Vous vous moquez.

GÉRONTE. — Voilà qui est fait.

SGANARELLE. — Je n'en ferai rien.

GÉRONTE. — Eh !

SGANARELLE. — Ce n'est pas l'argent qui me fait agir.

GÉRONTE. — Je le crois.

SGANARELLE, *après avoir pris l'argent.* — Cela est-il de poids ?

GÉRONTE. — Oui, Monsieur.

SGANARELLE. — Je ne suis pas un médecin mercenaire.

GÉRONTE. — Je le sais bien.

SGANARELLE. — L'intérêt ne me gouverne point.

GÉRONTE. — Je n'ai pas cette pensée.

SCÈNE V — SGANARELLE, LÉANDRE.

SGANARELLE, *regardant son argent.* — Ma foi, cela ne va pas mal ; et pourvu que...

LÉANDRE. — Monsieur, il y a longtemps que je vous attends, et je viens implorer votre assistance.

SGANARELLE, *lui prenant le poignet.* — Voilà un pouls qui est fort mauvais.

LÉANDRE. — Je ne suis point malade, Monsieur, et ce n'est pas pour cela, que je viens à vous.

SGANARELLE. — Si vous n'êtes pas malade, que diable ne le dites-vous donc ?

LÉANDRE. — Non, pour vous dire la chose en deux mots, je m'appelle Léandre, qui suis amoureux de Lucinde, que vous venez de visiter ; et comme, par la mauvaise humeur, de son père, toute sorte d'accès m'est fermé auprès d'elle, je me hasarde à vous prier de vouloir servir mon amour, et de me donner lieu d'exécuter un stratagème que j'ai trouvé, pour lui pouvoir dire deux mots d'où dépendent absolument mon bonheur et ma vie.

SGANARELLE, *paraissant en colère.* — Pour qui me prenez-vous ? Comment oser vous adresser à moi pour vous servir dans votre amour, et vouloir ravaler la dignité de médecin à des emplois de cette nature ?

LÉANDRE. — Monsieur, ne faites point de bruit.

SGANARELLE, *en le faisant reculer.* — J'en veux faire, moi. Vous êtes un impertinent.

LÉANDRE. — Eh ! Monsieur, doucement.

SGANARELLE. — Un malavisé.

LÉANDRE. — De grâce !

SGANARELLE. — Je vous apprendrai que je ne suis point homme à cela, et que c'est une insolence extrême...

LÉANDRE, *tirant une bourse qu'il lui donne.* — Monsieur.

SGANARELLE, — De vouloir m'employer... *tenant la bourse.* Je ne parle pas pour vous, car vous êtes honnête homme, et je serais ravi de vous rendre service. Mais il y a de certains impertinents au monde qui viennent prendre les gens pour ce qu'ils ne sont pas ; et je vous avoue que cela me met en colère.

LÉANDRE. — Je vous demande pardon, Monsieur, de la liberté que...

SGANARELLE. — Vous vous moquez. De quoi est-il question ?

LÉANDRE. — Vous saurez donc Monsieur, que cette maladie que vous voulez guérir est une feinte maladie. Les médecins ont raisonné là-dessus comme il faut ; et ils n'ont pas manqué de dire que cela procédait, qui du cerveau, qui des entrailles, qui de la rate, qui du foie ; mais il est certain que l'amour en est la véritable cause, et que Lucinde n'a trouvé cette maladie que pour se délivrer d'un mariage dont elle était importunée. Mais, de crainte qu'on ne nous voie ensemble, retirons-nous d'ici, et je vous dirai en marchant ce que je souhaite de vous.

SGANARELLE. — Allons, Monsieur : vous m'avez donné pour votre amour, une tendresse qui n'est pas concevable ; et j'y perdrai toute ma médecine, ou la malade crèvera, ou bien elle sera à vous.

ACTE III

SCÈNE PREMIÈRE
SGANARELLE, LÉANDRE.

LÉANDRE. — Il me semble que je ne suis pas mal ainsi pour un apothicaire ; et comme le père ne m'a guère vu, ce changement d'habit et de perruque est assez capable, je crois, de me déguiser à ses yeux.

SGANARELLE. — Sans doute.

LÉANDRE. — Tout ce que je souhaiterais serait de savoir cinq ou six grands mots de médecine, pour parer mon discours et me donner l'air d'habile homme.

SGANARELLE. — Allez, allez, tout cela n'est pas nécessaire ; il suffit de l'habit, et je n'en sais pas plus que vous.

LÉANDRE. — Comment ?

SGANARELLE. — Diable emporte si j'entends rien en médecine ! Vous êtes honnête homme, et je veux bien me confier à vous, comme vous vous confiez à moi.

LÉANDRE. — Quoi ! Vous n'êtes pas effectivement...

SGANARELLE. — Non, vous dis-je ; ils m'ont fait médecin malgré mes dents. Je ne m'étais jamais mêlé d'être si savant que cela ; et toutes mes études n'ont été que jusqu'en sixième. Je ne sais point sur quoi cette imagination leur est venue ; mais quand j'ai vu qu'à toute force ils voulaient que je fusse médecin, je me suis résolu de l'être, aux dépens de qui il appartiendra. Cependant vous ne sauriez croire comment l'erreur s'est répandue, et de quelle façon chacun est endiablé à me croire habile homme. On me vient chercher de tous côtés ; et si les choses vont toujours de même, je suis d'avis de m'en tenir, toute ma vie, à la médecine. Je trouve que c'est le métier le meilleur de tous ; car, soit qu'on fasse bien ou soit qu'on fasse mal, on est toujours payé de même sorte. La méchante besogne ne retombe jamais sur notre dos, et nous taillons, comme il nous plaît, sur l'étoffe où nous travaillons. Un cordonnier, en faisant des souliers, ne saurait gâter un morceau de cuir qu'il n'en paye les pots cassés, mais ici l'on peut gâter un homme sans qu'il en coûte rien. Les bévues ne sont point pour nous ; et c'est toujours la faute de celui qui meurt. Enfin le bon de cette profession est qu'il y a parmi les morts une honnêteté, une discrétion la plus grande du monde ; jamais on n'en voit se plaindre du médecin qui l'a tué.

LÉANDRE. — Il est vrai que les morts sont fort honnêtes gens sur cette matière.

SGANARELLE, *voyant des hommes qui viennent vers lui.* — Voilà des gens qui ont la mine de me venir consulter. Allez toujours m'attendre auprès du logis de votre maîtresse.

SCÈNE II — THIBAUT, PERRIN, SGANARELLE.

THIBAUT. — Monsieu, je venons vous charcher, mon fils Perrin et moi.

SGANARELLE. — Qu'y a-t-il ?

THIBAUT. — Sa pauvre mère, qui a nom Parette, est dans un lit, malade, il y a six mois.

SGANARELLE, *tendant la main, comme pour recevoir de l'argent.* — Que voulez-vous que j'y fasse ?

THIBAUT. — Je voudrions, Monsieu, que vous nous baillissiez quelque petite drôlerie pour la garir.

SGANARELLE. — Il faut voir de quoi est-ce qu'elle est malade.

THIBAUT. — Alle est malade d'hypocrisie, Monsieu.

SGANARELLE. — D'hypocrisie ?

THIBAUT. — Oui, c'est-à-dire qu'alle est enflée partout ; et l'an dit que c'est quantité de sériosités qu'alle a dans le corps, et que son foie, son ventre, ou sa rate, comme vous voudrais l'appeler, au glieu de faire du sang, ne fait plus que de l'iau. Alle a, de deux jours l'un, la fièvre quotiguenne, avec des lassitules et des douleurs dans les mufles des jambes. On entend dans sa gorge des fleumes qui sont tout prêts à l'étouffer ; et parfois il lui prend des syncoles et des conversions, que je crayons qu'alle est passée. J'avons dans notte village un apothicaire, révérence parler, qui li a donné je ne sais combien d'histoires ; et il m'en coûte plus d'eune douzaine de bons écus en lavements, ne v's en déplaise, en apostumes qu'on li a fait prendre, en infections de jacinthe, et en portions cordales. Mais tout ça, comme dit l'autre, n'a été que de l'onguent mitonmitaine. Il velait li bailler d'eune certaine drogue que l'on appelle du vin amétile ; mais j'ai-s-eu peur, franchement, que ça l'envoyît à patres ; et l'an dit que ces gros médecins tuont je ne sais combien de monde avec cette invention-là.

SGANARELLE, *tendant toujours la main et la branlant, comme pour signe qu'il demande de l'argent.* — Venons au fait, mon ami, venons au fait.

THIBAUT. — Le fait est, Monsieu, que je venons vous prier de nous dire ce qu'il faut que je fassions.

SGANARELLE. — Je ne vous entends point du tout.

PERRIN. — Monsieu, ma mère est malade ; et velà deux écus que je vous apportons pour nous bailler queuque remède.

SGANARELLE. — Ah ! Je vous entends, vous. Voilà un garçon qui parle clairement, qui s'explique comme il faut. Vous dites que votre mère est malade d'hydropisie, qu'elle est enflée par tout le corps, qu'elle a la fièvre, avec des douleurs dans les jambes : et qu'il lui prend parfois des syncopes et des convulsions, c'est-à-dire des évanouissements ?

PERRIN. — Eh ! Oui, Monsieu, c'est justement ça.

SGANARELLE. — J'ai compris d'abord vos paroles. Vous avez un père qui ne sait ce qu'il dit. Maintenant vous me demandez un remède ?

PERRIN. — Oui, Monsieu.

SGANARELLE. — Un remède pour la guérir ?

PERRIN. — C'est comme je l'entendons.

SGANARELLE. — Tenez, voilà un morceau de fromage qu'il faut que vous lui fassiez prendre.

PERRIN. — Du fromage, Monsieu ?

SGANARELLE. — Oui, c'est un formage préparé, où il entre de l'or, du coral, et des perles, et quantité d'autres choses précieuses.

PERRIN. — Monsieu, je vous sommes bien obligés ; et j'allons li faire prendre ça tout à l'heure.

SGANARELLE. — Allez. Si elle meurt, ne manquez pas de la faire enterrer du mieux que vous pourrez.

SCÈNE III — JACQUELINE, SGANARELLE, LUCAS.

SGANARELLE. — Voici la belle Nourrice. Ah ! Nourrice de mon cœur, je suis ravi de cette rencontre, et votre vue est la rhubarbe, la casse, et le séné qui purgent toute la mélancolie de mon âme.

JACQUELINE. — Par ma figué ! Monsieu le Médecin, ça est trop bian dit pour moi, et je n'entends rien à tout votte latin.

SGANARELLE. — Devenez malade, Nourrice, je vous prie ; devenez malade pour l'amour de moi. J'aurais toutes les joies du monde de vous guérir.

JACQUELINE. — Je sis votte sarvante ; j'aime bian mieux qu'an ne me guérisse pas.

SGANARELLE. — Que je vous plains, belle Nourrice, d'avoir un mari jaloux et fâcheux comme celui que vous avez !

JACQUELINE. — Que velez-vous, Monsieu, c'est pour la pénitence de mes fautes ; et là où la chèvre est liée, il faut bian qu'alle y broute.

SGANARELLE. — Comment ! Un rustre comme cela ! Un homme qui vous observe toujours, et ne veut pas que personne vous parle !

JACQUELINE. — Hélas ! Vous n'avez rien vu encore, et ce n'est qu'un petit échantillon de sa mauvaise humeur.

SGANARELLE. — Est-il possible ! Et qu'un homme ait l'âme assez basse pour maltraiter une personne comme vous ? Ah ? Que j'en sais, belle Nourrice, et qui ne sont pas loin d'ici, qui se tiendraient heureux de baiser seulement les petits bouts de vos petons. Pourquoi faut-il qu'une personne si bien faite soit tombée en de telles mains, et qu'un franc animal, un brutal, un stupide, un sot... Pardonnez-moi, Nourrice, si je parle ainsi de votre mari.

JACQUELINE. — Eh ! Monsieu, je sais bien qu'il mérite tous ces noms-là.

SGANARELLE. — Oui, sans doute, Nourrice, il les mérite : et il mériterait encore, que vous lui missiez quelque chose sur la tête, pour le punir des soupçons qu'il a.

JACQUELINE. — Il est bien vrai que si je n'avais devant les yeux que son intérêt, il pourrait m'obliger à queuque étrange chose.

SGANARELLE. — Ma foi, vous ne feriez pas mal de vous venger de lui avec quelqu'un. C'est un homme, je vous le dis, qui mérite bien cela ; et si j'étais assez heureux, belle Nourrice, pour être choisi pour...

En cet endroit, tous deux apercevant Lucas qui était derrière eux et entendait leur dialogue, chacun se retire de son côté, mais le médecin d'une manière fort plaisante.

SCÈNE IV — GÉRONTE, LUCAS.

GÉRONTE. — Holà ! Lucas, n'as-tu point vu ici notre médecin ?

LUCAS. — Et oui, de par tous les diantres, je l'ai vu, et ma femme aussi.

GÉRONTE. — Où est-ce donc qu'il peut être ?

LUCAS. — Je ne sais ; mais je voudrais qu'il fût à tous les guebles.

GÉRONTE. — Va-t'en voir un peu ce que fait ma fille.

SCÈNE V — SGANARELLE, LÉANDRE, GÉRONTE.

GÉRONTE. — Ah ! Monsieur, je demandais où vous étiez.

SGANARELLE. — Je m'étais amusé dans votre cour à expulser le superflu de la boisson. Comment se porte la malade ?

GÉRONTE. — Un peu plus mal depuis votre remède.

SGANARELLE. — Tant mieux : c'est signe qu'il opère.

GÉRONTE. — Oui ; mais, en opérant, je crains qu'il ne l'étouffe.

SGANARELLE. — Ne vous mettez pas en peine ; j'ai des remèdes qui se moquent de tout, et je l'attends à l'agonie.

GÉRONTE, *montrant Léandre* — Qui est cet homme-là que vous amenez ?

SGANARELLE, *faisant des signes avec la main que c'est un apothicaire.* — C'est...

GÉRONTE. — Quoi ?

SGANARELLE. — Celui...

GÉRONTE. — Eh ?

SGANARELLE. — Qui...

GÉRONTE. — Je vous entends.

SGANARELLE. — Votre fille en aura besoin.

SCÈNE VI — JACQUELINE, LUCINDE, GÉRONTE, LÉANDRE, SGANARELLE.

JACQUELINE. — Monsieu, velà votre fille qui veut un peu marcher.

SGANARELLE. — Cela lui fera du bien. *À Léandre.* Allez-vous-en, Monsieur l'Apothicaire, tâter un peu son pouls, afin que je raisonne tantôt avec vous de sa maladie. *En cet endroit, il tire Géronte à un bout du théâtre, et, lui passant un bras sur les épaules, lui rabat la main sous le menton, avec laquelle il le fait retourner vers lui, lorsqu'il veut regarder ce que sa fille et l'apothicaire font ensemble, lui tenant cependant le discours suivant pour l'amuser :* Monsieur, c'est une grande et subtile question entre les doctes, de savoir si les femmes sont plus faciles à guérir que les hommes. Je vous prie d'écouter ceci, s'il vous plaît. Les uns disent que non, les autres disent que oui ; et moi je dis que oui et non : d'autant que l'incongruité des humeurs opaques qui se rencontrent au tempérament naturel des femmes étant cause que la partie brutale veut toujours prendre empire sur la sensitive, on voit que l'inégalité de leurs opinions, dépend du mouvement oblique du cercle de la lune ; et comme le soleil, qui darde ses rayons sur la concavité de la terre, trouve...

LUCINDE. *À Léandre* — Non, je ne suis point du tout capable de changer de sentiment.

GÉRONTE. — Voilà ma fille qui parle ! Ô grande vertu du remède ! Ô admirable médecin ! Que je vous suis obligé, Monsieur, de cette guérison merveilleuse ! et que puis-je faire pour vous, après un tel service ?

SGANARELLE, *se promenant sur le théâtre, et s'essuyant le front.* — Voilà une maladie qui m'a bien donné de la peine !

LUCINDE. — Oui, mon père, j'ai recouvré la parole ; mais je l'ai recouvrée pour vous dire que je n'aurai jamais d'autre époux que Léandre, et que c'est inutilement que vous voulez me donner Horace.

GÉRONTE. — Mais...

LUCINDE. — Rien n'est capable d'ébranler la résolution que j'ai prise.

GÉRONTE. — Quoi ?...

LUCINDE. — Vous m'opposerez en vain de belles raisons.

GÉRONTE. — Si...

LUCINDE. — Tous vos discours ne serviront de rien.

GÉRONTE. — Je...

LUCINDE. — C'est une chose où je suis déterminée.

GÉRONTE. — Mais...

LUCINDE. — Il n'est puissance paternelle qui me puisse obliger à me marier malgré moi.

GÉRONTE. — J'ai...

LUCINDE. — Vous avez beau faire tous vos efforts.

GÉRONTE. — Il...

LUCINDE. — Mon cœur ne saurait se soumettre à cette tyrannie.

GÉRONTE. — La...

LUCINDE. — Et je me jetterai plutôt dans un couvent que d'épouser un homme que je n'aime point.

GÉRONTE. — Mais...

LUCINDE, *parlant d'un ton de voix à étourdir.* — Non. En aucune façon. Point d'affaires. Vous perdez le temps. Je n'en ferai rien. Cela est résolu.

GÉRONTE. — Ah ! quelle impétuosité de paroles ! Il n'y a pas moyen d'y résister. Monsieur, je vous prie de la faire redevenir muette.

SGANARELLE. — C'est une chose qui m'est impossible. Tout ce que je puis faire pour votre service est de vous rendre sourd, si vous voulez.

GÉRONTE. — Je vous remercie. Penses-tu donc...

LUCINDE. — Non. Toutes vos raisons ne gagneront rien sur mon âme.

GÉRONTE. — Tu épouseras Horace, dès ce soir.

LUCINDE. — J'épouserai plutôt la mort.

SGANARELLE. — Mon Dieu ! Arrêtez-vous, laissez-moi médicamenter cette affaire. C'est une maladie qui la tient, et je sais le remède qu'il y faut apporter.

GÉRONTE. — Serait-il possible, Monsieur, que vous puissiez aussi guérir cette maladie d'esprit ?

SGANARELLE. — Oui, laissez-moi faire, j'ai des remèdes pour tout, et notre apothicaire nous servira pour cette cure. *Il appelle l'apothicaire et lui parle.* Un mot. Vous voyez que l'ardeur qu'elle a pour ce Léandre est tout à fait contraire aux volontés du père, qu'il n'y a point de temps à perdre, que les humeurs sont fort aigries, et qu'il est nécessaire de trouver promptement un remède à ce mal, qui pourrait empirer par le retardement. Pour moi, je n'y en vois qu'un seul, qui est une prise de fuite purgative, que vous mêlerez comme il faut, avec deux drachmes de matrimonium en pilules. Peut-être fera-t-elle quelque difficulté à prendre ce remède ; mais, comme vous êtes habile homme dans votre métier, c'est à vous de l'y résoudre, et de lui faire avaler la chose du mieux que vous pourrez. Allez-vous-en lui faire faire un petit tour de jardin, afin de préparer les humeurs, tandis que j'entretiendrai ici son père ; mais surtout ne perdez point de temps. Au remède ! Vite, au remède spécifique.

SCÈNE VII — GÉRONTE, SGANARELLE.

GÉRONTE. — Quelles drogues, Monsieur, sont celles que vous venez de dire ? Il me semble que je ne les ai jamais, ouï nommer.

SGANARELLE. — Ce sont drogues dont on se sert dans les nécessités urgentes.

GÉRONTE. — Avez-vous jamais vu une insolence pareille à la sienne ?

SGANARELLE. — Les filles sont quelquefois un peu têtues.

GÉRONTE. — Vous ne sauriez croire comme elle est affolée de ce Léandre.

SGANARELLE. — La chaleur du sang fait cela dans les jeunes esprits.

GÉRONTE. — Pour moi, dès que j'ai eu découvert la violence de cet amour, j'ai su tenir toujours ma fille renfermée.

SGANARELLE. — Vous avez fait sagement.

GÉRONTE. — Et j'ai bien empêché qu'ils n'aient eu communication ensemble.

SGANARELLE. — Fort bien.

GÉRONTE. — Il serait arrivé quelque folie, si j'avais souffert qu'ils se fussent vus.

SGANARELLE. — Sans doute.

GÉRONTE. — Et je crois qu'elle aurait été fille à s'en aller avec lui.

SGANARELLE. — C'est prudemment raisonné.

GÉRONTE. — On m'avertit qu'il fait tous ses efforts pour lui parler.

SGANARELLE. — Quel drôle.

GÉRONTE. — Mais il perdra son temps.

SGANARELLE. — Ah ! Ah !

GÉRONTE. — Et j'empêcherai bien qu'il ne la voie.

SGANARELLE. — Il n'a pas affaire à un sot, et vous savez des rubriques qu'il ne sait pas. Plus fin que vous n'est pas bête.

SCÈNE VIII — LUCAS, GÉRONTE, SGANARELLE.

LUCAS. — Ah ! Palsanguenne, Monsieu, vaici bian du tintamarre : votte fille s'en est enfuie avec son Liandre, c'était lui qui était l'Apothicaire, et velà Monsieu le Médecin qui a fait cette belle opération-là.

GÉRONTE. — Comment ! M'assassiner de la façon. Allons, un commissaire ! Et qu'on empêche qu'il ne sorte. Ah, traître ! Je vous ferai punir par la justice.

LUCAS. — Ah ! Par ma fi ! Monsieu le Médecin, vous serez pendu ! Ne bougez de là seulement.

SCÈNE IX — MARTINE, SGANARELLE, LUCAS.

MARTINE. — Ah ! Mon Dieu ! Que j'ai eu de peine à trouver ce logis. Dites-moi un peu des nouvelles du médecin que je vous ai donné.

LUCAS. — Le velà, qui va être pendu.

MARTINE. — Quoi ! Mon mari pendu ! Hélas, et qu'a-t-il fait pour cela ?

LUCAS. — Il a fait enlever la fille de notte maître.

MARTINE. — Hélas ! Mon cher mari, est-il bien vrai qu'on te va pendre ?

SGANARELLE. — Tu vois. Ah !

MARTINE. — Faut-il que tu te laisses mourir en présence de tant de gens ?

SGANARELLE. — Que veux-tu que j'y fasse ?

MARTINE. — Encore, si tu avais achevé de couper notre bois, je prendrais quelque consolation.

SGANARELLE. — Retire-toi de là, tu me fends le cœur.

MARTINE. — Non, je veux demeurer pour t'encourager à la mort, et je ne te quitterai point que je ne t'aie vu pendu.

SGANARELLE. — Ah !

SCÈNE X — GÉRONTE, SGANARELLE, MARTINE, LUCAS.

GÉRONTE. — Le commissaire viendra bientôt, et l'on s'en va vous mettre en lieu où l'on me répondra de vous.

SGANARELLE, *le chapeau à la main.* — Hélas, cela ne se peut-il point changer en quelques coups de bâton ?

GÉRONTE. — Non, non, la justice en ordonnera… Mais que vois-je ?

SCÈNE XI ET DERNIÈRE — LÉANDRE, LUCINDE, JACQUELINE, LUCAS, GÉRONTE, SGANARELLE, MARTINE.

LÉANDRE. — Monsieur, je viens faire paraître Léandre à vos yeux, et remettre Lucinde en votre pouvoir. Nous avons eu dessein de prendre la fuite nous deux, et de nous aller marier ensemble ; mais cette entreprise a fait place à un procédé plus honnête. Je ne prétends point vous voler votre fille, et ce n'est que de votre main que je veux la recevoir. Ce que je vous dirai, Monsieur, c'est que je viens tout à l'heure de recevoir des lettres par où j'apprends que mon oncle est mort, et que je suis héritier de tous ses biens.

GÉRONTE. — Monsieur, votre vertu m'est tout à fait considérable, et je vous donne ma fille avec la plus grande joie du monde.

SGANARELLE. — La médecine l'a échappé belle !

MARTINE. — Puisque tu ne seras point pendu, rends-moi grâce d'être médecin ; car c'est moi qui t'ai procuré cet honneur.

SGANARELLE. — Oui, c'est toi qui m'as procuré je ne sais combien de coups de bâton.

LÉANDRE. — L'effet en est trop beau pour en garder du ressentiment.

SGANARELLE. — Soit, je te pardonne ces coups de bâton en faveur de la dignité où tu m'as élevé ; mais prépare-toi désormais à vivre dans un grand respect avec un homme de ma conséquence, et songe que la colère d'un médecin est plus à craindre qu'on ne peut croire.